TH.-S. GUEULLETTE

PARADES INÉDITES

AVEC UNE PRÉFACE

PAR

CHARLES GUEULLETTE

PARIS

LIBRAIRIE DES BIBLIOPHILES

Rue Saint-Honoré, 338

M DCCC LXXXV

PARADES INÉDITES

TIRAGE A PETIT NOMBRE

Il a été tiré en plus :

100 exemplaires sur papier de Hollande.
20   —   sur papier de Chine.
20   —   sur papier Whatman.

---

140 exemplaires, numérotés.

PRÉFACE

N 1874, mon regretté confrère Henri Nicolle publiait, dans *la Revue de France,* deux articles très intéressants sur le magistrat Thomas-Simon Gueullette, bien connu au XVIIIe siècle par ses ouvrages d'érudition, ses contes orientaux et son théâtre, mais qui venait de se révéler à lui sous un aspect aussi piquant qu'inattendu.

En aidant le petit-fils de Favart dans le dépouillement de ses papiers de famille, Nicolle avait découvert un gros volume manuscrit dont le contenu était fait pour le surprendre. Il s'agissait d'un recueil de farces portant pour titre : *Parades de M. Gueullette,* et précédé d'une lettre conçue en ces termes :

Monsieur Gueullette à Monsieur Favart.

Je vous envoye, Monsieur, ainsi que je vous l'ai promis, le recueil de mes parades que je puis bien appeler *delicta juventutis meæ.* Comme je ne les ai arrangées qu'en espèce de canevas, je me serois bien gardé de les laisser voir au public. Mais, n'ayant pu les refuser à M. de Paulmy (qui même en avoit joué avec nous), sous condition qu'elles ne sortiroient point de ses mains, un infidèle copiste, comme vous le savez, Monsieur, en a mésusé. M. Fanier en ayant eu besoin en Saxe pour procurer quelques divertissemens, dans un genre nouveau, au roy de Pologne et à la famille royale, me les demanda, il y a environ dix ans ; je les lui envoyay par la voie de l'ambassadeur, ne croyant pas, en faveur de notre très ancienne amitié, devoir le priver d'une satisfaction qui pouvoit lui être utile. Elles luy procurèrent beaucoup de complimens de toute la cour par la façon dont il fit exécuter et dont il exécuta luy-mesme les scènes qu'il choisit et qu'il travailla d'après les canevas. Il me tint très religieusement la parole qu'il m'avoit donnée de n'en tirer aucune copie, et au premier voyage qu'il fit en France quelque temps après, il me remit le recueil que je vous envoye.

Vous pouvez, Monsieur, aujourd'huy en faire tel usage qu'il vous plaira, aux conditions de me remettre mon manuscrit le plustost qu'il vous sera possible, de le faire copier chez vous, afin qu'il ne soit point égaré.

Je suis charmé de trouver cette occasion de vous prouver la considération, l'amitié, l'estime avec lesquelles je suis à vous, Monsieur, et à madame Favart.

Votre très humble et très obéissant serviteur.

'GUEULLETTE.

J'y joins deux autres parades que vous pouvez garder. Il y en a une troisième à ma campagne, intitulée : *Les Fausses Envies,* que je vous feray copier.

Nul doute, par conséquent, sur l'identité des parades contenues dans le manuscrit. Elles étaient bien de Gueullette, qui les appelait *delicta juventutis meæ;* il racontait leur histoire et, tout en autorisant Favart à en faire tel usage qu'il voudrait, il lui demandait d'en avoir grand soin. Or, à l'exception de trois ou quatre, Nicolle constata que toutes les parades du manuscrit étaient précisément celles qui figurent dans le *Théâtre des bou-*

levards imprimé en 1756. Ainsi les bibliographes avaient fait fausse route en les attribuant à Sallé, à Moncrif, à Fagan, à Collé, etc., etc. Elles appartenaient à Thomas Gueullette !

Quant aux trois parades mentionnées dans le post-scriptum de la lettre à Favart, et qui ne font point partie du volume manuscrit, les deux premières sont, suivant toute apparence, *Caracataca, Caracataqué* et *le Muet aveugle, sourd et manchot,* imprimées dans le *Théâtre des Boulevards* et, chose singulière, les seules que la bibliographie ait conservées à notre auteur. J'ai eu la bonne fortune de trouver la troisième, *les Fausses Envies,* et de la publier chez M. Jouaust en 1878.

La restitution tardive à Gueullette d'une partie de son bien est appuyée par Nicolle de documents irré-cusables, et M. d'Heylli, qui réédita le *Théâtre des boulevards* en 1881, contresigne cette restitution dans sa notice intitulée : « Le véritable auteur des Parades ».

Après ces travaux érudits, il n'est plus de doute pos-sible sur la question de propriété. Mais il me reste à compléter l'œuvre de mes confrères en ajoutant à l'actif de Gueullette les parades inédites que possède de lui la Bibliothèque nationale. Elles sont nombreuses et d'une telle saveur que le libraire Delahays les avait notées pour sa *Bibliothèque gauloise à paraître,* et que, dans le catalogue de cette publication, restée à l'état de projet, il s'était empressé de les annoncer sous leurs différents titres.

Nicolle mentionne, à la vérité, ce volume inédit, mais sans y arrêter son attention, et ma préface des *Fausses Envies* n'est qu'à demi concluante à leur sujet. Depuis, au contraire, ma conviction s'est formée, et c'est après examen impartial et approfondi que j'apporte au lecteur une affirmation positive.

Toutes les parades du manuscrit catalogué à la Bibliothèque nationale sous le n° 9340 et qui provient de la vente Soleinne appartiennent indubitablement à Gueullette. Ce manuscrit est entièrement de sa main, et, en tête, figure une préface *pour les parades* (1740-1742) avec la désignation : par M. G. S. D. P. D. R., ce qui signifie par M. Gueullette, Substitut du Procureur du Roi.

J'ajoute que la façon dont le recueil est disposé et coordonné permet de croire que l'auteur le destinait à l'impression : « Cette préface, écrit-il en marge, est dans le goust des avant-propos que M. Palaprat a joints à toutes ses pièces de théâtre dans la dernière édition qu'il a donnée au public. » N'est-ce pas là une justification évidente du procédé dont il entendait user lui-même pour la présentation de son propre volume ?

Ce n'est pas tout, Gueullette annonce, en tête du recueil, qu'il a personnellement rédigé ces parades sur des thèmes anciens, et il ajoute de sa main, après chaque titre, la mention : Par M. G., comme s'il voulait se confirmer encore la propriété de la pièce.

Mais il serait puéril d'insister davantage sur une paternité suffisamment établie et j'arrive, sans plus m'attarder, au volume et aux différentes parades qui le composent.

Suivant la table, reproduite par Delahays dans son catalogue, il y.en aurait trente-cinq. Mais la division est défectueuse en ce qu'elle donne une scène, un simple incident pour une pièce. La vérité est que le manuscrit de Gueullette renferme quatre parades, deux en trois actes et deux en un seul, se subdivisant elles-mêmes en un certain nombre de tableaux auxquels l'auteur attribue un sous-titre. C'est le classement le plus logique à mon avis, et je crois bon de l'indiquer au public.

Après le *Prologue de l'Opérateur* viennent deux dialogues : *Le Pet à vingt ongles* et *Cracher noir.*

Première Parade (trois actes) : *Les Cornets. — Le Testament de Gille. — La Bouteille au cul. — Le Point d'honneur. — Le Petit Jacquot. — Tu feras le ménage. — Le Cartel. — Les Valets hors de condition. — La Conspiration. — Le Docteur en teste.*

Deuxième Parade (un acte) : *Les Lapins. — Le Mort sur le banc ou le Comte de Regniababo. — Gille barbier. — Le Repas imaginaire. — Le Mémoire de dépense. — Le Portrait. — Le Chat. — L'Araignée.*

Troisième Parade (trois actes) : *Les Braves d'Ostende. — Les Métiers. — Le Tailleur. — La Succession. — Le Contrat de mariage de Gille. — Le Maistre de grammaire. — Le Maistre à danser. — Le Maistre de civilité. — Taratapa, eoïs. — L'Amant désespéré. — Le Repas de nopce. — La Tarentule.*

Quatrième Parade (un acte) : *Les Quatre Cuillerées de soupe. — Le Combat des poltrons. — Le Cérémonial pour les coups de bâton.*

Maintenant que j'ai donné, par anticipation, la table des matières et que le théâtre de Gueullette va se trouver complété par la publication du présent recueil, je ne crois pas inutile de dire un mot de l'auteur, afin que le public, édifié sur les mérites du magistrat érudit, n'attribue point à ses parades une importance qu'elles ne sauraient avoir.

Thomas-Simon Gueullette, né le 2 juin 1683, appartenait au meilleur monde. Sa famille était noble et portait « d'or au dextrochère au naturel, sortant d'un nuage d'azur et tenant une tige à trois fleurs de gueules de loup également au naturel. » Placé d'abord chez les jésuites, puis au collège de la Marche, il y avait fait de

a.

brillantes études et acquis une si rapide instruction que
d'avocat au Parlement il était devenu, dès l'âge de vingt-
six ans, substitut du procureur de Sa Majesté au Châtelet,
puis conseiller du Roi, toutes qualités qui lui valurent
le commerce des beaux esprits de son époque et, no-
tamment, des comtes de Morville, de Tressan, de
Caylus, du marquis de Paulmy, etc., etc.

Mais ce n'est point sur ses relations sociales qu'il
convient surtout d'insister. Ce dont il faut louer Gueullette, c'est de sa nature essentiellement studieuse et de
sa prodigieuse facilité de travail; c'est, enfin, de la façon
vraiment extraordinaire dont il sut se multiplier et
réunir, dans sa seule et même personne, un magistrat
actif, un érudit consommé, un conteur et un auteur
dramatique dont l'esprit et l'imagination étaient sans
cesse en éveil.

Substitut du procureur du Roi, il en remplit la charge
jusqu'à sa mort (22 décembre 1766) avec une telle supériorité que ses chefs ne manquèrent jamais de lui
confier les affaires les plus délicates et les plus ardues.
Responsabilité continuelle, labeurs incessants qui n'em-
pêchèrent point Gueullette de se livrer, au Palais, à des
recherches de la plus haute importance. Les Archives
nationales conservent en effet, de lui, une volumineuse
collection d'arrêts et de sentences des juridictions cri-
minelles qui remontent à 1191 et qu'il a toutes annotées
de sa main. Quand l'affaire était intéressante, il la dé-
veloppait lui-même sur des feuillets encartés qui forment
alors de gros cahiers et deviennent des documents
précieux à consulter.

Érudit, il a laissé des travaux considérables. Poulet-
Malassis, dans son ouvrage sur les *ex libris,* parle de la
splendide bibliothèque que possédait notre magistrat
dans sa maison de Choisy-le-Roi, près de son théâtre

particulier. Un grand nombre de volumes y sont enrichis de ses notes et commentés de telle sorte qu'ils semblent des éditions toutes prêtes à être livrées au public. Mais, pour ne parler que des éditions imprimées dont Gueullette est l'auteur, je rappelle succinctement *Roselli*, 1719; *Roland le Furieux*, 1720; *les Nouvelles françaises ou les Divertissements de la princesse Aurélie*, 1722; l'*Histoire du petit Jehan de Saintré*, les *Fables* de Bidpaï et de Lokman, l'*Ariane* de Desmaretz, 1724; les *Essais* de Montaigne, 1725; l'*Histoire de Gérard, comte de Nevers, et d'Euryant, sa mie*, 1728; *Rabelais*, 1732; les *Contes et Nouvelles* de Boccace, les *Cent Nouvelles nouvelles*, 1733; le *Nouveau Pathelin*, 1748, consignant à titre de remarque que, pour les ouvrages italiens dont je viens de parler, Gueullette en était non seulement l'éditeur mais encore le traducteur autorisé.

Conteur et romancier, Gueullette s'est acquis, au XVIIIe siècle, une réputation considérable. Sans insister, en effet, sur *les Mille et une Heures* terminées par ses soins, ni sur *les Nuits parisiennes*, brochure d'un médiocre intérêt, nous possédons de lui : *Les Soirées bretonnes, les Mille et un Quarts d'heure, les Aventures merveilleuses du mandarin Fum-Hoam, les Sultanes de Guzarate*, contes orientaux, qui se recommandent par une grande variété de tableaux et une prodigieuse richesse d'imagination. Voltaire a rendu d'ailleurs à Gueullette un témoignage des plus flatteurs en calquant son Zadig sur *les Soirées bretonnes*.

J'ai gardé pour la fin *les Mémoires de Mlle Bontemps*, un roman très estimé, dont Nivelle de La Chaussée tira sa comédie de *Mélanide*, « la meilleure pièce de l'époque, dit l'abbé de La Porte, dans le genre attendrissant. »

A la simple nomenclature d'œuvres si multiples, et

quand on songe que Gueullette ne négligeait point les
devoirs de sa charge pour la littérature, on se demande
comment une existence humaine a pu suffire à tant de
labeurs. Je n'ai pas abordé pourtant le théâtre, où cet
homme étonnant occupe une large place comme histo-
rien, comme auteur et comme acteur de société. Je mar-
querai cette place à grands traits pour m'arrêter aux
Parades, objet de la présente publication.

Thomas Gueullette est l'auteur des *Notices sur les
œuvres de théâtre,* manuscrit en huit volumes que renferme la Bibliothèque de l'Arsenal et dans lequel, remon-
tant aux origines, il passe en revue l'antiquité, le moyen
âge et les temps modernes. C'est encore lui qui réunit
et analysa les canevas du fameux Dominique, l'arlequin de la comédie italienne, et qui prépara tous les
matériaux pour l'histoire de ce théâtre. Les frères Parfaict le confessent dans leur préface : « Nous annonçons
de bonne foi, écrivent-ils, que *l'Histoire de l'ancien
Théâtre italien,* que nous donnons aujourd'huy, est presque toute due à M. Gueullette, substitut de M. le
procureur du Roi au Châtelet de Paris ; qui, pour sa
propre satisfaction, a rassemblé la plus grande partie
des matériaux qui la composent et qui a bien voulu
nous les communiquer. »

Auteur dramatique, Gueullette a traduit de l'italien :
La vie est un songe ; Adamire, ou *la Statue de l'honneur,* et la *Griselde ;* il a composé *les Comédiens par
hasard, Arlequin-Pluton, le Trésor supposé, l'Amour
précepteur* et *l'Horoscope accompli.*

Qu'il me soit permis de dire actuellement et sous
forme de parenthèse que, passionnément épris des lettres, Gueullette n'en prétendait tirer aucun profit. Nous
l'avons vu tout à l'heure à propos des frères Parfaict ;
agissant de même au théâtre, il abandonnait ses droits

d'auteur aux interprètes de ses pièces, et nous savons qu'il fit présent de *l'Horoscope accompli* à la gracieuse Silvia, chargée du principal rôle.

Ses fréquentes relations avec les comédiens ne laissaient pas, d'ailleurs, que de présenter le caractère d'un affectueux patronage. L'acte de mariage d'Antoine Balletti (Mario) et de Jeanne Benozzi (Silvia), dernièrement relevé par M. Monval dans la petite commune de Saint-Germain de Drancy, porte la signature de Gueullette, comme témoin, et les deux autographes suivants prouvent que les artistes du Théâtre italien sollicitaient parfois son obligeant concours.

Le premier est une lettre de Mme Riccoboni (Flaminia). Elle est datée du 14 mai 1742, jour de l'enterrement de l'acteur Romagnesi.

Monsieur,

Le cas pressant dans lequel se trouve Mme Belmont[1] me force à remettre les complimens et les politesses et de me restreindre à vous prier de vouloir bien avoir la bonté de passer chez moy tout à l'heure, si vous le pouvez, ou bien le plustost... Nous vous en prions instamment, elle et moy, et toute la troupe ensemble.

Pardonnez, Monsieur, la brièveté du discours. Je suis, avec une respectueuse amitié, votre très humble et très obéissante servante,

B. Riccoboni.

La seconde lettre est précisément du fils de cette dernière, François Riccoboni, chargé au théâtre du rôle de Lélio. Comme sa mère, il réclame un service de Gueullette, et il le fait en termes respectueux.

---

1. Comédienne de la troupe italienne et tante du défunt.

Monsieur,

J'ai une grâce à vous demander qui est de conséquence et que vous ne me refuserez pas, à ce que je crois. Il m'est impossible de sortir et j'ai grand besoin de parler à M. Pacrau [1]. Je vous prie instamment de vouloir bien l'amener ce soir à la comédie, car *periculum est in mora*.

Je suis fasché, Monsieur, de la peine que je vous donne, mais je compte toujours sur votre complaisance.

Je vous prie d'assurer de mes respects Madame et toute votre famille, et je suis parfaitement, Monsieur, votre très humble et très obéïssant serviteur.

J. RICCOBONI.

Ces deux échantillons suffisent pour établir la nature des rapports qui existaient entre Gueullette et les comédiens. De même, les renseignements donnés plus haut permettent de conclure, avec Henri Nicolle, que le théâtre fut l'objet des constantes préoccupations du magistrat lettré. Il en fouilla les origines, il en suivit curieusement les progrès en France ; et si, personnellement, il n'utilisa pas tous ses documents sur la matière, il en fit généreusement profiter les autres.

A l'appui de mon dire et pour prouver que le goût du théâtre était inné chez Gueullette, je veux mentionner le prix qu'il remporta au collège de La Marche, le 11 août 1700, à la fin de sa rhétorique.

Le certificat signé *H. Delapierre, presbyter sacræ facultatis Parisiensis, doctor theologus*, etc., etc., porte la

---

1. Lisez Pasquereau, caissier du receveur de la ville. C'était l'un des acteurs des parades, chez Gueullette.

légende suivante... : *Notum facio, ingenuum ac optimæ spei adolescentem, Thomam Simonem Gueullette, in rhetorica auditorem, tam belle, tam scite, tamque egregie principem in tragœdia et infimam quoad nomen in comœdia sustinuisse personam ut omnium lætas acclamationes festivasque gratulationes meritus sit, eoque nomine a nobis in theatro solemniter et publice hoc præmio donatus sit et corona.*

Thomas Gueullette, sur les bancs du collège, jouait donc la comédie de façon à conquérir des couronnes aux acclamations de ses condisciples. Il est trop modeste pour se vanter de ces triomphes précoces dans sa *Préface pour les Parades.* Cependant, il confesse qu'un jour où ses amis et lui représentaient devant une compagnie très brillante, il remplit sans répétition un des rôles du *Joueur* « qu'il possédait de mémoire ». Une aptitude si singulière justifie de reste le prix du rhétoricien ; elle explique aussi le plaisir qu'il éprouva plus tard à tenir les plus longs emplois dans les spectacles d'amateur.

Ce qui fait comprendre, en particulier, la prédilection de Thomas Gueullette pour la parade, c'est son caractère essentiellement jovial. Il avait pris pour devise : *Dulce est desipere in loco,* et ne dédaignait pas, en effet, de faire le fou à l'occasion ; tournant fort galamment le couplet, aimant la table en fin gourmet et riant de bon cœur de ce qui lui semblait primesautier, original et plaisant.

Ne croyez pas, néanmoins, que, dans les parades, le côté grivois fût le seul qui séduisît Gueullette. Il était sollicité, avant tout, par l'attrait de la curiosité littéraire ; en agissant avec elles comme avec les canevas du grand Dominique, à cette différence près qu'il se contenta de réunir ces derniers, tandis qu'il rédigea les

parades, n'empruntant à ses devanciers que l'idée première, sur laquelle il brodait ensuite des scènes et un
dialogue bien personnels. Impossible de s'y tromper à la
lecture. En mainte occasion, nous reconnaîtrons, dans
le recueil qui va suivre, le Gueullette magistrat, le
Gueullette lettré, voire même le Gueullette ami de la
bonne chère et des mets délicats.

Mais, pour en revenir au côté littéraire de la parade,
c'est lui-même qui le revendique dans sa lettre à
Mᵐᵉ *** (*Théâtre des Boulevards*, t. II). Quand, après
cette phrase : « Je suis peut-être le seul dans Paris qui
s'occupe sérieusement de choses aussi frivoles et de ce
qu'on appelle dans le monde des misères », il ajoute :
« Tout est recommandable dans la république des lettres, et quoique, à plusieurs égards, on pousse ce principe
trop loin, l'histoire de l'esprit est tout autant recher-
chée qu'aucune autre. »

C'est précisément la pensée de Gueullette, alors qu'il
s'occupe des parades et qu'avant de rassembler les
siennes en un gros manuscrit, il fait, au début de sa
préface, l'historique de ce genre de spectacle. Le procédé lui est d'ailleurs habituel, car dans ses *Notices sur
les œuvres de théâtre,* il remonte également aux origines
pour en arriver aux temps modernes.

J'avais d'abord songé à transcrire tout au long la
Préface pour les Parades, mais j'ai réfléchi qu'elle
contient, sur des personnages aujourd'hui oubliés,
des détails sans intérêt pour le lecteur, et je me
contente d'emprunter au document les passages dont
la saveur et l'originalité m'ont paru suffisantes.

Ici, comme dans le *Théâtre des Boulevards*, Gueullette donne l'étymologie du mot parade, et ses argu-
ments sur les antécédents de nos spectacles forains
sont identiques à ce point qu'il est impossible de ne

point voir un même auteur dans le rapprochement qu'on fait des deux études.

Sans aller demander aux langues étrangères, est-il écrit dans la préface, d'où provient le mot *parade*, je crois le trouver dans la nostre, et j'estime que, dans son commencement, cette sorte de divertissement s'appeloit *préparade*, parce que, par là, on préparoit les auditeurs au spectacle qui devoit se représenter dans l'intérieur de la loge.

N'est-ce pas là le raisonnement prêté à Gille dans sa *lettre* (*Théâtre des Boulevards*, t. I) :

« Une parade z'est z'un mot moral en ce que ça annonce z'une bonne pièce pour engager à z'entrer dedans » ?

Thomas Gueullette témoigne d'une profonde érudition sur les origines de la parade, tant dans sa lettre à Mme *** que dans sa préface ; la dernière étude pouvant servir de développement à la première, où l'écrivain fait aussi remonter ces spectacles aux Grecs et à leurs chariots « sur lesquels le plaisir pur faisoit inventer des plaisanteries trouvées très bonnes par ceux qui les entendoient ». Néanmoins, comme il doit s'agir plus particulièrement ici de la *Préface*, c'est à elle que j'ai demandé les lignes qui vont suivre.

Pour rapporter ce que je pense sur la véritable origine des parades et d'où sont tirées la plupart des scènes qui les composent, écrit Gueullette, je ne feray point icy étalage d'une vaste érudition. Je sçais bien, à ce sujet, que je pourrois remonter jusqu'à l'âge du monde 3530, temps où florissoit Thespis, poète natif d'Icarie, ville de l'Attique, que l'on regarde comme auteur des premiers spectacles ambulants.
Je pourrois, aidé de la citation d'Horace, comparer les

chariots découverts, dans lesquels il promenoit ses acteurs, avec les galeries sur lesquelles les nostres représentent leurs jeux. Si les siens, suivant le poète satirique, avoient le visage barbouïllé de lie de vin ou, selon Suidas, de céruse et de vermillon, Gille, qui est aujourd'huy le soutien de la parade, n'a-t'il pas le sien couvert de farine? On voit assez, par cette comparaison, l'antiquité du genre de spectacle dont je veux parler et que cette seule preuve décideroit en ma faveur.

Je ne diray pas non plus que les anciens mimes, ayant adopté les atellanes qui estoient les farces des Latins, il y a apparence que les modernes imitèrent le genre de farces qui se jouoient sans avoir rien estudié, de mémoire et servilement. Je sauteray tout d'un coup au Xe siècle et je passeray en Italie où je vois qu'alors les descendans de ces anciens mimes représentoient cette espèce de comédie, dont l'impromptu augmentoit, sans contredit, la grâce et la vivacité.

Il ne me sera pas difficile, alors, de prouver que les scènes dont les parades sont composées ont toutes leur source dans les canevas sur lesquels les comédiens italiens jouent, maintenant encore, sans autre préparation que la lecture de l'argument divisé par actes et par scènes.

Nos pères ont vu presque tous ces sujets représentés par le fameux Locatelli, sous le nom de Trivelin; l'excellent Domenico Biancolelli, sous le masque d'arlequin; l'inimitable Tiberio Fiorilli, sous l'habit de Scaramouche, et par le gracieux Thomassino Vissentini, que nous avons perdu en 1739. Ce comédien, pétri par les mains de la nature, et son successeur Carlo Bertinazzi (qui, avec des grâces infinies et un mérite supérieur, du côté de l'esprit, ne nous fera jamais oublier Thomassin), ne nous ont-ils pas montré qu'il n'y a presque pas de pièces italiennes un peu comiques qui ne renferment quelque scène de la parade? En voilà donc l'origine bien établie, si je ne me trompe. Des Grecs elle a passé chez les Latins; les Italiens l'ont empruntée des pièces atellanes, et nos acteurs forains ne peuvent nier

qu'ils ne tiennent leurs scènes les plus bouffonnes de ces
derniers comédiens.

Sans nommer, après le préfacier, les différents personnages de la parade, que nous verrons tout à l'heure en
scène, sans insister davantage sur le rôle de l'opérateur, qui vante en termes emphatiques ses baumes,
orviétans et élixirs, j'arrive au passage intéressant où
Gueullette raconte comment les familiers de sa jeunesse prirent goût à ces sortes de farces, comment il fut
amené à en composer lui-même, comment, enfin, après
s'être jouées dans le cercle de ses relations intimes, les
parades conquirent droit de cité dans le palais des
grands seigneurs et furent représentées devant les personnages les plus importants de la cour.

En l'année 1711, notre substitut avait pour amis de
jeunes avocats qui ne dédaignaient point les amusements de l'esprit. C'étaient Aubry, très fin causeur,
paraît-il, et très habile à composer le dialogue; Dumont, un amusant chansonnier et un rimeur agréable;
Faroard, aimable compagnon et auteur de talent; Galard, l'un des boute-en-train de la parade; le jovial Four-
nier, un mime de haut goût; enfin Chevallier, dont le
père, jurisconsulte éminent, avait eu l'heureuse idée
d'établir chez lui une conférence à laquelle prenaient
part, deux fois par semaine, les camarades de son fils
et qu'il présidait lui-même.

Après trois heures de travaux sérieux et de savantes
dissertations, Mme Chevallier ouvrait son salon à la
bande studieuse, et là on oubliait, dans les distractions
de bonne compagnie, les arguties de la chicane.

Or, un soir qu'il n'y avait point conférence, nos jeunes
gens allèrent à la foire Saint-Laurent, où ils écoutèrent
deux ou trois farces qu'ils jouèrent le lendemain en

famille. La représentation fut si plaisante qu'on en
réclama de semblables. Si bien qu'au bout de quelque
temps les autres jeux furent délaissés pour les parades,
et que chaque jour de vacance engendra une surprise
nouvelle, empruntée aux tréteaux de la foire et exécutée
par les élèves de M. Chevallier, dans un goût singulier.

J'étois lié, dit Gueullette, avec tous les acteurs que je
viens de nommer.

Quelques années avant les conférences tenues chez
M. Chevallier, M. Dumont, un de ses frères cadets et moy,
le premier sous l'habit de Scaramouche, le second sous la
figure de Pierrot, et moy sous le masque d'Arlequin, nous
avions formé une société fort agréable de gens de nostre
âge.

Après avoir fait construire un théâtre très galant à Auteuil, dans la maison du sieur Favier, maître à danser du
Roy, laquelle estoit contiguë à celle de M. Dumont le père,
nous y avons joué, à l'impromptu, les scènes les plus comiques et les plus brillantes de l'ancien Théâtre italien...
Nous dansions, entre tous les actes, des ballets composés
par le sieur Favier père, dont le fils, l'un de nos acteurs,
et qui est aujourd'huy maître et ordonnateur des ballets
du roy de Pologne, exécutoit les principales entrées...

Mais voici que se propage la renommée du théâtre
privé d'Auteuil :

Nos divertissemens toujours nouveaux et variés... nous
attirèrent, outre nos amis priés, un concours estonnant de
spectateurs du premier rang. Comme nous n'ouvrions la
scène qu'à onze heures du soir, quantité de seigneurs et de
dames partoient en poste de Versailles, après le souper du
Roy pour venir prendre part à nos plaisirs. A l'exemple de
ce qui se passe à Venise, nous admettions les masques à

nos spectacles. Nous donnions le bal ensuite; cela formoit des nuits blanches dont on paroissoit fort content, et nos amusemens produisirent à *la Grande,* alors la plus fameuse hostellerie d'Auteuil, plus de 200 pistoles. Ce n'est point gasconnade; elle-même nous en assura, et cela est croyable, si l'on réfléchit que presque tous les spectateurs y soupoient, s'y masquoient et passoient le reste de la nuit qu'ils n'employoient pas à danser.

D'acteur Gueullette ne tarda pas à devenir auteur; c'est lui-même qui va nous l'apprendre dans sa préface :

Ce fut à l'occasion de ces pièces italiennes que M. Dumont, le fils, m'engagea à disposer un canevas de trois petits actes pour luy, son frère et moy. Tout y estoit extrêmement vif, comique et nouveau pour la compagnie qui estoit, ce jour-là, très brillante chez M. Chevallier. L'on en parut aussi content que des trois parades qui furent fort bouffonnes...

La place de notre préfacier se trouvait marquée désormais dans la troupe :

Dès ce moment, écrit-il, on me crut capable de figurer avec ces messieurs, en cas de besoin, et, à l'exception du personnage de Gille, on jugea que je pouvois doubler tous les autres.

Je passe à dessein les différents rôles. Les acteurs nous étant déjà connus, insister sur leur emploi de fantaisie intéresserait médiocrement le lecteur. Ce qu'il est plaisant de rappeler, c'est l'anecdote qui servit de point de départ à la carrière de Gueullette comme paradier. On y verra que, pour porter la toge avec une gravité parfaite, lui et ses amis n'en étaient pas moins, le cas échéant, de joyeux compères.

b.

MM. Dumont, Faroard et Galard, se trouvant pour quelques jours chez moy, à Maisons, près Charenton, en 1714; après une grande partie de ballon qui avoit rassemblé devant ma maison tous les bourgeois et paysans de ce village, M. Faroard, qui estoit en camisole blanche, annonça, sans rien dire auparavant, un divertissement d'un genre nouveau, qu'il promit de faire durer deux bonnes heures, et il n'en demanda qu'une demie pour nous y préparer. Je fus surpris de sa témérité, cependant, je me rendis de bonne grâce à sa prière et à celle des bourgeois et habitans du lieu.

Nous fabriquâmes sur-le-champ un canevas que mesme nous n'écrivismes pas. Une cornette plate de femme qui servit de béguin, un peu de farine et un chapeau de paille fournirent, dans le moment, un déguisement pour Gille. Nous nous habillâmes le plus convenablement, c'est-à-dire, le plus ridiculement possible, et un assez grand perron, qui estoit au-devant de ma porte, nous ayant servi de galerie, nous exécutâmes une parade assez longue avec un applaudissement universel. Quoiqu'elle eût duré plus de deux heures, on ne cessa d'y rire et d'y battre des mains.

Ces Messieurs m'ayant fait entendre que j'avais autant de droit qu'eux aux applaudissemens que nous avions reçus... je les crus sur parole et me livray de bonne grâce, dans toutes les occasions, à ce qu'ils exigeoient de moy, et, depuis ce temps, quand ils l'ont souhaité, je n'ay pas refusé de contribuer à leurs plaisirs.

Gueullette aurait pu ajouter que, de ces plaisirs-là, il prenait sa large part. Sa gaieté naturelle et ses instincts de bibliophile expliquent suffisamment, en effet, le zèle qu'il apporta dans la rédaction et dans l'exécution des parades.

La préface nous apprend le titre d'un grand nombre de ces facéties, les mêmes qui figurent dans le volume et que notre auteur écrivit exclusivement pour la petite troupe dont il était l'âme. J'y relève entre autres : *Le comte de Regniababo ou le Mort sur le banc, les Cornets, la Querelle de Gille et de Gillette ou Tu feras le ménage, les Valets hors de condition, la Conspiration, le Docteur en teste, le Cartel, Gille garçon tailleur, Gille barbier, la Bouteille au cul, les Métiers, les Braves d'Ostende, la Tarentule, A laver la teste d'un asne on perd sa lessive,* etc., etc.

Tous les ans, à l'époque des vacations, les parades furent représentées à la campagne de Gueullette ; ce dernier nous en informe, et il ajoute : « Une des premières que nous exécutâmes à Choisy-Mademoiselle, à présent Choisy-le-Roy, dans ma maison [1], fut *l'Education de Gille ou A laver la teste d'un asne on perd sa lessive,* et nous avons très longtemps soutenu l'honneur de la parade... »

Ils le soutinrent si bien que la vogue ne se fit pas attendre : « Comme depuis plus d'une vingtaine d'années, rapporte Gueullette, la scène de nos parades s'est presque toujours passée à Choisy-le-Roy, M. le duc de La Vallière, sans les avoir jamais vues, parce qu'il ne

---

1. Cette propriété a dû passer dans le domaine royal, ainsi que le fait supposer la lettre du marquis de Marigny à Gabriel.

« Versailles, 17 août 1762.

« Par vos observations, Monsieur, du 8 de ce mois, sur le mémoire qui m'a été fourni par M. Gueullette, je vois que la vente qu'il offre de faire au Roy de sa maison de Choisy peut devenir nécessaire pour le service de Sa Majesté. Mais, avant d'entrer en négociation sur cette proposition, je seray bien aise que vous reconnaissiez l'état actuel de cette maison, pendant votre premier séjour sur les lieux et, sur le compte que vous m'en rendrez, vous serez informé, peu après, de mes intentions.

« Je suis, etc., etc. »

s'étoit pas trouvé chez Mme la princesse de Conty pendant les vacations, s'en estant, depuis, plusieurs fois entretenu avec moy et ayant lu quelques-uns de nos canevas, donna lieu, probablement, aux divertissemens que cinq ou six grands seigneurs de la cour se procurèrent à huis clos, il y a quelques années... »

Ainsi, le théâtre léger de Gueullette servit aux amusements des seigneurs français, comme il contribua, nous le savons par la lettre à Favart, aux plaisirs de la famille royale de Pologne et de toute la cour. — Je cite le fait afin de bien établir que les parades, dont le crédit fut considérable au XVIII° siècle, durent à notre écrivain leur grande renommée.

Faut-il maintenant reprocher à Thomas Gueullette d'avoir sauvé de l'oubli un genre essentiellement frivole, et le caractère de l'homme en est-il diminué pour cela ? Nullement, et je pense, avec l'érudit magistrat, que rien ne saurait être indifférent dans l'histoire de l'esprit humain. A côté du grand art, il y a la fantaisie qui a son droit au soleil et dont la place, si petite qu'elle doive être, n'en demeure pas moins respectable.

Loin d'en vouloir à l'auteur d'une œuvre·purement badine, remercions-le au contraire de nous avoir initiés aux distractions de nos ancêtres. Ceux-ci ont ri de bon cœur. Craindrons-nous de les imiter, nous qui faisons les yeux doux à une littérature malsaine dont les raffinements sont bien autrement funestes ?

Gueullette écrivit les parades, ce qui ne l'empêcha pas d'être un magistrat zélé, un lettré délicat, et surtout un homme de bien, car je ne saurais trop insister sur cette dernière considération.

J'ajoute que son naturel, plein d'une aimable bonhomie et d'une philosophie enjouée, se révèle à chaque page de la *préface* dont le principal mérite est de pré-

senter Gueullette sous son véritable aspect ; aussi ne
saurais-je mieux faire que d'en détacher encore deux
paragraphes en forme de conclusion.

L'esprit toujours riant et joyeux, nous ne laissons échapper
aucune occasion de nous amuser et de mettre à profit tous
nos momens de loisir. Nous avons eu le bonheur de trouver
dans nos femmes des caractères lians et sociables et de leur
bien persuader que la gayeté de l'esprit faisoit naître celle
du corps. De là vient, en effet, cette vertu prolifique qui se
trouve dans MM. Dumont et Faroard, dont le premier,
après trente et un ans de mariage, vient, tout nouvel-
lement, de donner un citoyen à l'Estat. Leurs enfans,
tous aimables, sont nés dans la joye, mais dans cette joye
modérée et tranquille qui fait l'essence et le bonheur de la
vie. A mon égard, si je n'ay pas donné des preuves de ma
bravoure aussy vivantes que celles de ces messieurs, il faut
croire que le champ que je laboure depuis longtemps n'a
pas reçu d'en haut cette vertu productive...
    ... Il ne me reste plus qu'une chose à dire. Il y a des
personnes, d'une sagesse un peu trop austère, qui ne peuvent comprendre que des gens de nostre âge et de nostre
estat s'amusent encore à de pareilles folies. Outre l'exemple des grands de la cour, qui n'ont cependant pensé
que d'après nous à se procurer ce genre de plaisir, où
donc est le mal que l'on peut y trouver ? La gayeté ne
peut-elle estre de tous les âges, et, parce qu'on vieillit tous
les jours, faut-il devenir triste, morne et ennuyer les autres ? Notre joyeuse société pense le contraire. Suivant les
principes que Cicéron admet dans son *Traité de la vieil-
lesse,* les hommes parvenus à un âge qui, naturellement,
les rend incommodes dans la société et oblige les jeunes
gens à s'éloigner d'eux ne peuvent employer trop de moyens
pour estre agréables à leurs yeux.
    Nous avons l'expérience qu'en usant ainsi que nous le
faisons de nos momens de loisir, et ne cherchant (surtout à la campagne) qu'à procurer à nos amis et à nous-

mesmes des plaisirs simples et innocens, cette aimable jeunesse, loin de nous fuir, nous fait, pour ainsy dire, la cour ou, du moins, nous recherche avec empressement. C'est donc avec juste raison que nous avons pris pour nostre devise : *Dulce est desipere in loco.*

On ne peut raisonner, je crois, avec plus de bon sens ni présenter sous un jour plus vrai cette farce quelque peu épicée sans doute mais inoffensive après tout qu'on appelle la parade.

CHARLES GUEULLETTE.

PARADES INÉDITES

A CHARLES GUEULLETTE

LE PIEUX ÉDITEUR DES *PARADES*

Je veux rire, foin du couteau !
Rendez-moi la folle parade,
Faisant aux gens son algarade,
Et riant sur le gai tréteau !

Un gros mât, sur son écriteau,
Résume l'humaine charade.
Oh ! l'amoureuse camarade,
Avec ses bons airs de cateau !

Je l'aime folâtre, ingénue,
Les cheveux drus, la gorge nue,
Ayant, sur le sourire fin

De sa lèvre, une gouttelette
Du vin qu'elle a bu ; — telle, enfin,
Qu'elle plaisait au vieux Gueullette.

THÉODORE DE BANVILLE

PROLOGUE DE L'OPÉRATEUR

POUR LES PARADES

MESSIEURS ET MESDAMES,

E n'est pas sans une espèce de prodige que vous voyez aujourd'huy le plus grand personnage de l'univers, ce phénix de la profession, le fléau de la Faculté de médecine ; un second Esculape; en un mot l'illustre, l'incomparable Fanfarinelli.

Depuis près d'un siècle je parcours le monde, et j'y ay fait des cures si étonnantes qu'elles paroissent incroyables.

Je m'imagine, du premier abord, que vous allez me traiter d'imposteur et que vous allez me dire : « Comment avez-vous pu vivre si longtemps, Seigneur Fanfarinelli ? Il y a, dites-vous, près d'un siècle que vous exercez vostre art avec un succès surnaturel, et vous ne paraissez pas avoir quarante ans. » La demande est juste, mais voicy ma réponse :

Si j'ay passé les bornes ordinaires attachées à la vie de l'homme, c'est, Messieurs et Mesdames, par la vertu d'un élixir dont je crois estre le seul possesseur ; c'est par son moyen que, sans vieillir et doué d'une vigueur surnaturelle, j'ay voyagé par toute la terre habitable ; que j'ay vu les quatre parties de l'univers et que j'ay mesme esté trois lieues par delà le bout du monde. M'en voicy heureusement revenu sain et sauf, après avoir fait connoistre dans tous ces différents pays les effets merveilleux de mes remèdes.

« Mais, me direz-vous, Monsieur l'Opérateur, je ne suis pas malade. » Tant mieux, Messieurs et Mesdames, ce n'est point l'intérest qui me fait agir, puisque je fais la médecine gratis. Je n'ay pas besoin de biens, quand je vivrois vingt siècles ! Je ne travaille que pour l'honneur et pour le soulagement de ceux qui souffrent. Mes remèdes renferment le trésor de la santé, le magasin des grâces pour le beau sexe et l'arsenal de l'amour.

Je laisse la casse, la rhubarbe et le séné et toutes les drogues dégoûtantes à la Faculté et aux pharmacopoles. Avec mon seul élixir, je fais tous les jours des miracles sans nombre. Avec un peu de salive, il agrandit les yeux. L'employe-t'on avec de l'eau de myrte ? il rapetisse la bouche, et c'est avec cet élixir précieux que je compose la pommade appelée de *Rochefort* et qui fut en si grande réputation sous le règne de Louis XIII. Qu'une femme stérile avale trente gouttes de mon élixir dans du lait chaud : elle aura un enfant au bout de neuf mois, son mary fût-il éloigné d'elle de sept mille lieues.

Que les filles et les femmes les plus fécondes s'en lavent seulement la bouche et le rejettent ensuite, elles ne concevront jamais. Cela vous paroist surprenant et n'en est pas moins vray.

Mais, Messieurs, cet élixir n'est encore rien en comparaison de deux autres dont je vais vous parler. Je ne fais pas une pareille confidence à tout le monde ; mais je lis sur vos visages que je ne dois rien craindre de votre indiscrétion.

Vous avez sans doute entendu parler du fameux *Cosmopolite,* cet illustre habitant de toute la terre ! Eh bien ! Messieurs, je vous diray à l'oreille que c'est moi-mesme.

Vous paroissez surpris ? Vous le serez bien davantage quand vous sçaurez que la sublimité de ma science m'a procuré la bienveillance d'une sylphide qui m'a fait présent des deux petites bouteilles que voicy, qui renferment des trésors inestimables.

Dans l'une est l'élixir de l'Esprit.

Dans l'autre, celui du dieu de Lampsaque.

En effet, Messieurs, sans ces liqueurs surprenantes, aurions-nous jamais entendu parler, pour l'éloquence, des Démosthène, des Cicéron et de tant d'autres orateurs qui, depuis eux, ont fait et font encore en France l'ornement du barreau ?

Connoistrions-nous, pour la peinture, les Zeuxis, les Apelle, les Mignard, les Lesueur, les Lebrun, les Rigaut et tant d'autres qui excellent aujourd'huy dans cet art si gracieux ?

Sans cet élixir, jouyrions-nous des ouvrages des Corneille, des Racine, des Molière, des Voltaire et des autres illustres auteurs qui marchent sur leurs traces ?

Ces phénomènes de leur temps, ces acteurs inimitables que vos pères ont vus orner la scène, et ceux que nous admirons aujourd'huy sur tous les théâtres et dans tous les genres ; tous ces grands hommes, si supérieurs aux autres, seroient-ils jamais parvenus à ce degré de perfection sans l'élixir des talens qui a produit dans tous les arts les grands génies ?

Mais, Messieurs, passons à l'élixir de l'amour.

Aurions-nous vu, de nos jours, ces héros de tendresse

1.

si recommandables au beau sexe et si favorisés des dames ? les auroit-on jamais entendus parler avec tant d'éloges d'un roy auguste, d'un comte de Saxe, etc. ?

Non, Messieurs, non ! Tous ces hommes si illustres dans tous les genres et si singuliers par leur esprit, par leurs talens ou par leur force extraordinaire, n'auroient esté, surtout du côté de l'amour, que des hommes d'un mérite commun, si la sylphide qui m'est attachée par les liens les plus étroits n'avoit assisté à leur naissance et ne leur avoit pas fait respirer alors l'un ou l'autre de ces élixirs incomparables : élixir des talens, élixir du dieu de Lampsaque !

Vostre surprise, Messieurs et Mesdames, m'annonce votre incrédulité. Tant pis pour vous ! J'y laisseray les messieurs, c'est assez les en punir. Pour les belles dames, j'offre de leur prouver qu'en fait d'amour je ne suis pas un charlatan.

Si les promesses ne suffisent pas pour me captiver leur bienveillance, j'offre encore d'employer pour elles les secrets que je possède pour conserver et même augmenter leur beauté.

Mais je m'aperçois qu'elles n'en ont pas besoin. Les grâces et les ris qui brillent sur le visage de ces dames ne permettent pas de distinguer les mères d'avec les filles, et l'on y voit des couleurs si vives qu'il me seroit inutile de leur offrir le secret que j'ay pour faire disparoistre cette pâle langueur dont j'ay guéry tant de personnes du sexe sans leur faire rien prendre par la bouche.

Cependant, Mesdames, il ne suffit pas de se bien porter : il faut entretenir cette bonne santé par une humeur toujours gaye, toujours riante, et par une jubilation continuelle.

Ridere regnare est.

Ne vous alarmez pas, Mesdames, de ces mots qui

viennent de m'eschapper dans une langue qui n'est pas faite pour vous.

En voicy l'explication : « C'est s'élever au-dessus des monarques mêmes que d'estre toujours dans la joye. »

Il faut donc rire ! Voilà le point essentiel.

C'est le plaisir modéré qui chasse toutes les humeurs malignes et peccantes, causes de l'altération du sang et de toutes les maladies.

Pour vous l'inspirer, cette joye, je me propose, Messieurs et Mesdames, de vous donner un petit divertissement impromptu. Ces sortes d'amusemens ont plus d'une fois désopilé la rate du sultan de la Chine, du roy du Congo, du Grand-Mogol et de la princesse de Manibonbanda, sa fille.

Mais il faut que je demande une grâce à ces belles dames.

Comme ces espèces de farces, qui sont aujourd'huy à la mode (d'après moy) chez les plus grands seigneurs de l'Europe, ne sont point étudiées et qu'elles s'exécutent sur un simple canevas fabriqué seulement quelques heures avant leur représentation, il est impossible que, dans le dialogue, il n'eschappe à mes acteurs et à moy-mesme quelques termes impropres, ou peut-estre un peu trop forts ; si cela nous arrive malgré nostre attention, pardonnez-nous-le d'avance, mes belles dames. Les jeunes demoiselles n'y entendront rien, ou feindront, du moins, de n'y rien comprendre. Leurs mères ou leurs tantes en riront sous cape, et les aimables camarades qui font partie de cette belle et brillante assemblée seront les seuls qui puissent, en toute liberté, applaudir hautement aux bouffonneries et aux saillies qui ont eu le bonheur de ne pas déplaire aux plus grands potentats et aux plus illustres princes de la terre.

LE PET A VINGT ONGLES

PREMIER DIALOGUE

Acteurs : L'OPÉRATEUR, JACQUELINE.

JACQUELINE.

Ah ! Monsieur l'Opérateur, secondez-moy !

L'OPÉRATEUR.

Qu'avez-vous, la belle ?

JACQUELINE.

C'est un de vos gens, Monsieur, qui est cause de l'estat où je suis.

L'OPÉRATEUR.

Un de mes gens ?

JACQUELINE.

Ouy, Monsieur ; vous passîtes, il y a environ six mois, par icy ; vous logîtes dans l'auberge où j'estois servante.

L'OPÉRATEUR.

Eh bien ?

JACQUELINE.

Eh bien ! Monsieur... Mais faut-il vous dire tout ?

L'OPÉRATEUR.

Sans doute.

JACQUELINE.

Eh bien ! donc, Monsieur, après souper il faisoit un assez beau clair de lune. Il n'y avoit personne dans la cour. J'y entris toute seule.

L'Opérateur.

Pourquoy faire ?

Jacqueline.

Pour faire mon petit tour, Monsieur. En le faisant, dame !... comme je comptois n'estre pas entendue, je laschis, sauf votre respect, un vent qui fit presque autant de bruit qu'un coup de tonnerre.

L'Opérateur.

Oh ! oh !

Jacqueline.

Vostre domestique, que je n'y voyois pas, et qui, révérence parler, estoit au faubourg de mes fesses, en fut si effrayé qu'il en tombit par terre. Je voulois m'enfuir. Il me retint par ma jupe et me demandit si j'étois sujette à pareils accidens. Je lui avouay, en rougissant, qu'il n'y avoit pas de jour que je n'en fisse une douzaine encore plus gros. « Ah ! ah ! Mademoiselle, me dit-il, je vous plains fort. Si cela est, vous n'avez pas encore trois mois à vivre. Il faut que la mine saute, et il n'y a que le remède de M. Fanfarinelli, mon maistre, qui puisse vous guérir. » Je fus si épouvantée de ces menaces que je me mis à pleurer. « Là, là, fit-il, la belle fille, ne vous affligez pas tant. Je vais chercher de quoy vous guérir. » Il rentrit dans la salle où vous estiez, en sortit un moment après et me présentit je ne sçais quoy qui renfermoit une liqueur. Dame ! elle me parut, dans l'abord, un peu amère ; mais, ensuite, je la trouvis plus douce que du miel. Il m'en fit prendre trois ou quatre doses en moins d'une heure ; et pis, il m'assurit qu'avec cet élixir j'estois pus d'à moitié guérie ; mais que ma guérison ne seroit parfaite qu'après que j'aurois fait un pet à vingt ongles.

L'Opérateur.

Un pet à vingt ongles. Ah ! ah ! ah !

JACQUELINE.

Ouy, Monsieur, et il me disit que ce qu'il venoit de
me bailler y contribueroit.

L'OPÉRATEUR.

Je le crois bien, vraiment. Et dites-moy, s'il vous
plaist, la belle, fut-ce par la bouche que vous prîtes
cette liqueur qui vous parut plus douce que du miel?

JACQUELINE.

Oh! que non, Monsieur.

L'OPÉRATEUR.

Je n'en veux pas sçavoir davantage. Mon valet, tel
qu'il soit, est un coquin, et vous, vous estiez une grande
innocente.

JACQUELINE.

Cela peut estre, Monsieur.

L'OPÉRATEUR.

Dites-moy un peu, ma fille, combien un enfant a-t'il
d'ongles aux deux mains?

JACQUELINE.

Cinq et cinq font dix, Monsieur.

L'OPÉRATEUR.

Et aux deux pieds?

JACQUELINE.

Dix encore.

L'OPÉRATEUR.

Eh bien! grande beste que vous estes, ou qui feignez
de l'estre, dix ongles aux mains et dix ongles aux pieds,
combien cela fait-il en tout?

JACQUELINE.

Mais, Monsieur, je crois que cela en fait vingt.

L'OPÉRATEUR.

Vous le croyez?

JACQUELINE.

Ouy, Monsieur.

L'Opérateur.

Et bien ! stupide que vous estes, voilà le pet à vingt ongles que vous ferez dans trois mois d'icy.

Jacqueline.

Fy, Monsieur ! vous vous moquez.

L'Opérateur.

Ce n'est point une plaisanterie, cela vous arrivera.

Jacqueline.

Ah ! Monsieur, serait-il possible que ce misérable eût ainsy abusé de ma simplicité ? Jour de Dieu ! Je l'étrangleray, si jamais je puis le reconnoistre.

L'Opérateur.

Comment donc ? Si vous pouvez le reconnoistre ?

Jacqueline.

Vraiment ouy, Monsieur. Faut que ce drôle-là soit sorcier ! car, quand il me présentit cet élixir, m'est avis que les nuages couvroient la lune, et, quand il me le fit prendre, dame ! je le trouvis si savoureux que je n'y voyis plus goute.

L'Opérateur.

Je tascheray de découvrir l'auteur de cette friponnerie, et, si j'en viens à bout, je vous promets de vous le faire épouser.

Jacqueline.

Je vous seray bien obligée, Monsieur. Mais, si vous ne pouvez le reconnoistre, comment ferons-nous ?

L'Opérateur.

Ma foy, je n'en sçais rien.

Jacqueline.

Tenez, Monsieur, il me vient une idée. Vous avez trois ou quatre vauriens à vos trousses. Pour sauver mon honneur, faites-les tous tirer au doigt mouillé.

L'Opérateur.

Eh bien ?

JACQUELINE.

Eh bien ! Monsieur, j'épouseray celuy qui l'aura mouillé.

L'OPÉRATEUR.

Ouy dà! Cela n'est, parbleu, pas mal imaginé. Voilà donc une créature bien innocente!

CRACHER NOIR -

SECOND DIALOGUE

ACTEURS : L'OPÉRATEUR, COLIN, COLINETTE.

COLIN.

Bonjour, Monsieur l'Opérateur : n'est-ce pas vous, ne vous déplaise, qui vous nommez M. Friponelii ?

L'OPÉRATEUR.

Non, mon amy, mon nom est Fanfarinelli. De quoy s'agit-il ?

COLIN.

Vous sçaurez, Monsieur, que je sommes marié, sans reproche, avec ma femme que voilà. Je m'appelle Colin, elle Colinette, et qu'elle est fille de Jean Thuyau, oncle du cousin de la sœur de Mathurin Michaut, qui demeure au Grand Vitry. Vous sçaurez donc que.....

COLINETTE.

Tu n'expliques pas bien ça, Colin. Monsieur, c'est que ma mère avoit épousé, en premières noces, le cousin de la bru de Jeanne Berthier qui, par alliance, touchoit de bien près à Léonard Bertrand, du costé du beau-frère de sa tante maternelle.

L'OPÉRATEUR.

Voilà une belle généalogie ! Au fait, mes enfans. Qu'est-ce qui vous amène icy ?

2

COLIN.

Monsieur... Dame! Comme dit c't autre, c'est bien
le diable qui nous amène icy. Voyez-vous, c'est que
moy et ma femme j'avons une grande incommodité
qui n'est voirement pas petite. Et, comme l'on dit que
vous faites icy des merveilles avec des naissances, des
élixirs, des poissons cordiales et d'autres brinborions.
Comme ça, je sommes venus pour vous consulter, et
nous vlà !

COLINETTE.

N'est-ce pas vous, Monsieur Faribonelli, qui ressusci-
tites l'autre jour le grand nigaud de garçon de la cousine Macé qui n'estoit pas encore mort dà ?

L'OPÉRATEUR.

Cela peut estre. J'ay fait des cures aussy surprenantes.

COLIN.

Ah ! c'est Vostre Grâce ! C'est bian de l'honneur pour
nous. Je vous sommes bian redevables de ce que vous
estes vous-mesme.

L'OPÉRATEUR.

Il n'y a pas de quoy. Vous voulez apparemment un
de mes remèdes ?

COLIN.

Et vraiment ouy, Monsieur. Tout juste, c'est ce que
je demandons. Colinette, voilà morgué ce qui s'appelle
un habile homme. Il devine ça du premier coup.

L'OPÉRATEUR.

Vous estes donc malades?

COLINETTE.

Vraiment nannin, Monsieur, et je n'en avons pas
mesme d'envie. N'est-il pas vray, Colin ?

COLIN.

Parguenne ouy, Dieu marcy.

L'OPÉRATEUR.

Mais que me voulez-vous donc?

COLIN.

Tenez, Monsieur l'Opérateur, c'est que j'avons à un quart de lieue d'icy des terres; comme vous pourriais dire, des prés et des veignes.

COLINETTE.

J'avons itou quarante-cinq poulets d'Inde, quatorze cochons, sept vaches et trois chèvres.

COLIN.

Colinette a raison; ces diables de chèvres, surtout, me baillent plus de peine à garder que je n'en aurois avec dix asnes, Monsieur.

L'OPÉRATEUR.

Où diable tout cecy nous mènera-t'il?

COLINETTE.

V'là de l'occupation, comme vous voyez, et j'avons besoin d'ayde.

COLIN.

Quand je nous épousîmes, je disois à Colinette, la première nuit de nos nopces : « J'aurons des petits garçons; ces petits garçons deviendront grands. »

COLINETTE.

« Quand ils seront grands, dis-je alors à Colin, Monsieur l'Opérateur, je les envoyerons à l'escole pour apprendre à lire, écrire et puis l'arusmétique. »

COLIN.

« Oh ! morgué, répondis-je, moy, ils n'y mettront jamais le pied. Je ne veux pas qu'ils en sachiont plus que leurs père et mère. »

COLINETTE.

« Mais, Colin, slifis-je, vous n'estes pas raisonnable. — Tatigué, stidit, je n'en demorderay pas. Ils n'iront jamais à l'escole. »

L'OPÉRATEUR, *aparté.*

Il faut avoir bonne patience.

COLIN.

« Et, si vous m'ostinez, Colinette, je nous brouille-
rons ensemble. » Là-dessus, voyez-vous?...

COLINETTE.

Tant y a, Monsieur l'Opérateur, qu'après nous estre
querellés assez longtemps il fallut céder, et vouloir,
comme Colin, que ces petits garçons ne fussiont jamais
que des ignorans.

L'OPÉRATEUR.

Si bien, donc, que vos enfans n'ont pas esté à l'escole?

COLINETTE.

Vrament, vrament! c'est bien pis que tout ça. J'a-
vions arrangé ainsy nos petites affaires. Mais, mon cher
Monsieur, j' nous sommes vus frustrisés de nos espé-
rances. Depuis quatre ans que nous sommes mariés, je
n'avons jamais eu que des filles.

L'OPÉRATEUR.

Eh bien! que puis-je faire à cela?

COLIN.

Écoutez, Monsieur l'Opérateur, v'là le principal. C'est
que ma femme est encore grosse d'une fille.

L'OPÉRATEUR.

Grosse d'une fille ? Et comment sçavez-vous cela?

COLINETTE.

Oh! Monsieur l'Opérateur, j'en suis seure et cer-
taine: car, voyez-vous, j'ay toujours eu, à ce que m'a dit
noustre curé, les mesmes symplômes dans mes autres
grossesses.

L'OPÉRATEUR.

Cela ne finira donc pas! Et quels sont ces symptômes,
et non pas symplômes?

COLIN.

Monsieur, toutes les fois que Colinette a esté grosse
d'enfant, elle a toujours craché blanc comme un fromage à la crème.

L'Opérateur.

Et, cette fois-cy, crache-t'elle de mesme ?

Colinette.

Oh ! pour ça ouy, Monsieur : voyez plutôt.

(*Elle lui crache dans la main.*)

L'Opérateur.

Vous estes bien mal apprise, ma mie.

Colinette.

C'est pour vous mettre au fait de la chose.

Colin.

J'avons consulté un médecin du fauboug Saint-Marceau. « Mais, Monsieur, sli dis-je, après luy avoir expliqué sa maladie, est-ce qu'il n'y auroit pas moyen de faire cracher noir à Colinette pour qu'elle eût un garçon ? »

L'Opérateur.

Ah ! ah ! La demande est comique ! Eh bien ! que répondit vostre médecin du faubourg ?

Colin.

« Oh ! Colin, s' me dit-il ; voyez-vous, ça n'est pas si aisé. Ça passe nostre sçavoir et je n'avons pas dans la médecine des secrets de ce calibre-là.... » Et, à propos de ça, comme j'en raisonnions avec la commère Cucu, nostre voisine : « Eh ! grand nigaud, me dit-elle, parlant par respect, que ne vas-tu voir monsieur l'opéteur Faribonelli ? »

L'Opérateur.

Dites donc Fanfarinelli.

Colin.

C'est le plus habile homme qu'il y ait à un quart de lieue à la ronde.

Colinette.

Oh ! pour ça, Colin dit vray. « Ma commère, s'me dit-elle en pleurant, si mon pauvre époux que j'enterris la semaine passée, d'une fluxion de poitrine, avoit pu encore souffrir trois saignées, cinq purgations et estre trépanisé, ce monsieur l'Opérateur que j'ay esté consulter, m'a juré son grand juron qu'il en seroit revenu et ne seroit pas mort. »

L'OPÉRATEUR.

Mais je ne connois ny votre commère Cucu, ny je ne suis capable de tenir des propos aussy impertinens que votre prétendu opérateur. Il faut que ce soit quelque misérable charlatan qui ait pris mon nom et qui ait passé dans les cantons.

COLINETTE.

Dame ! Monsieur, c'est pourtant sur la parole de nostre commère que j'avons pris nos jambes à nostre cou et que je sommes venus icy tout courans.

L'OPÉRATEUR.

Comment me débarrasser de ces bonnes gens-là ? Si bien, donc, que vous estes venus exprès pour me demander un remède qui vous fît cracher noir ?

COLIN.

Ouy, Monsieur. Nostre femme n'a pas oublié une seule sullable de toute nostre histoire.

L'OPÉRATEUR.

Eh bien, il faut vous contenter. Tu es donc bien persuadé, Colin, que, si ta femme peut parvenir à cracher noir, elle accouchera d'un garçon ?

COLIN.

Oh ! pargué ouy !

L'OPÉRATEUR.

Vostre médecin du faubourg n'est qu'un franc ignorant. Je vais chercher et apporter à ta femme ce qu'il luy faut pour cela.

(*Il sort.*)

COLINETTE.

Ah ! Colin, je cracherai donc noir !

COLIN.

Morgué! Si cela pouvoit arriver, que je serois aise!

L'OPÉRATEUR, *avec un charbon enveloppé dans du papier.*

Tenez, Colin, prenez cecy, râpez-en environ plein un dé à coudre.

COLIN.

Ouy, Monsieur, plein un dé. Entends-tu bien, Colinette?

COLINETTE.

Oh! que ouy.

L'OPÉRATEUR.

Colinette le délayera dans une cuillerée d'eau de pluye.

COLINETTE.

Je n'y manqueray pas, Monsieur l'Opérateur. Colin, souviens-toi bien de ça : dans une cuillerée d'eau de pluye.

L'OPÉRATEUR.

Elle se rincera tous les matins la bouche avec cette cuillerée d'eau, et ensuite elle crachera.

COLIN.

Mais crachera-t'elle noir?

L'OPÉRATEUR.

Dans le moment.

COLIN.

Ça n'est pas possible!

L'OPÉRATEUR.

C'est un fait certain et que je vous garantis, toutes les fois qu'elle se lavera la bouche avec cette espèce de décoction.

COLINETTE.

Grand mercy, Monsieur l'Opérateur; que je vous embrasse. Colin, je ne me sens pas d'aise. Je cracheray noir!

COLIN.

Alle crachera noir ! Tatigué ! Monsieur l'Opérateur, qu'vous estes habile ! Permettez que je vous embrassions itou pour vous remercier.

L'OPÉRATEUR.

Ouf ! Vos caresses sont un peu trop vives. Vous m'estouffez.

(*Ils l'embrassent tous deux.*)

COLINETTE.

Je cracheray noir !

COLIN.

Alle crachera noir ! Ah, le grand homme ! O le grand homme ! Alle crachera noir !

(*Ils sortent.*)

L'OPÉRATEUR.

Je n'ay jamais vu de manans d'une si grande simplicité.

PREMIÈRE PARADE

TROIS ACTES

*Les Cornets. — Le Testament de Gille. — La Bouteille au cul.
— Le Point d'honneur. — Le Petit Jacquot. — Tu feras
le ménage. — Le Cartel. — Les Valets hors de condition.
— La Conspiration. — Le Docteur en teste.*

(1740)

ACTEURS

LE MAISTRE.

GILLE.

TAILLE-BRAS, chirurgien et notaire

VISAUTROU, apothicaire.

UNE SAGE-FEMME.

PRENS-TOUT, } filoux.
LAISSE-RIEN, }

GILLETTE, femme de Gille.

M. OLIBRIUS.

SANS-QUARTIER, } valets.
DIVERTISSANT, }

UN SUISSE.

PREMIÈRE PARADE

ACTE PREMIER

SCÈNE PREMIÈRE

LE MAISTRE, ensuite GILLE.

[*LES CORNETS.*]

LE MAISTRE.

Il faut, de toute nécessité, que je m'embarque aujourd'huy pour Corbeil où je dois aller recevoir 3oo francs. Voyons si je n'ay rien oublié pour le voyage. Voilà mon bonnet de nuit, une chemise. Mais, vraiment, le meilleur estoit sorty de ma mémoire. Gille! Gille!

(*Gille, en dedans, crie de toutes ses forces. Il entre ensuite avec les cinq doigts de la main droite enveloppés de cornets de papier.*)

Ah! Monsieur, je n'en puis plus!

LE MAISTRE.

Gille!... Ah! te voilà... Qu'est-ce que cela veut dire?

GILLE.

Ahi! ahi! ahi! ahi!!

LE MAISTRE.

Avance donc, animal.

GILLE.

Ah! Monsieur, me voilà en bel estat. J'ay les cinq doigts dépoüillés.

LE MAISTRE.

Et comment cela t'est-il arrivé?

GILLE.

Je voulois tremper une crouste au pot. Jacqueline, cette chienne de Jacqueline, m'a poussé le coude et m'a fait enfoncer la main dans la marmite... Ah! Monsieur, je me meurs... Du vin!... du vinaigre!

LE MAISTRE.

Voilà, misérable, ce que te couste ta gourmandise.

GILLE.

Du vin!... du vinaigre!... un médecin!... un chirurgien!... un apothicaire!

LE MAISTRE.

Voilà un garçon estropié pour le reste de ses jours. Monsieur Taille-Bras! Monsieur Visautrou! Heureusement que ces messieurs sont mes voisins. Au secours! mon valet Gille est fort malade!

SCÈNE II

LE MAISTRE, GILLE, TAILLE-BRAS, VISAUTROU.

(Taille-Bras a une scie, un couperet, des palettes à saigner ; Visautrou, un tablier devant luy et une seringue.)

TAILLE-BRAS.

Qu'y a-t'il, Monsieur? Vous criez comme si le feu estoit à la maison.

LE MAISTRE.

Hélas? Monsieur, voilà mon valet Gille en pitoyable estat.

GILLE.

Hélas, ouy !

VISAUTROU.

A quoy servent ces cornets de papier?

GILLE.

C'est que j'ay eu les doigts bruslés dans la marmite.

VISAUTROU.

Cela est fascheux, mon amy. Hippocrate, en pareil cas, dit que, pour tempérer la chaleur que cause la bruslure, il faut commencer par prendre un petit clystère dulcifiant.

GILLE.

Qu'est-ce que vous parlez d'hypocras, Monsieur? j'en boirois bien un coup pour me fortifier le cœur.

3

VISAUTROU.

Ce n'est pas d'hypocras que je parle. C'est d'Hippocrate, le prince de la médecine.

TAILLE-BRAS.

M. Visautrou parle sensément. Mais Gallien assure qu'en pareil cas il faut auparavant phlébotoniser le malade.

GILLE.

Ah! ah! ah!

VISAUTROU.

Vous vous trompez, Monsieur, c'est par le clystère qu'il faut commencer.

TAILLE-BRAS.

Et moy, je vous soutiens que c'est par la saignée.

LE MAISTRE.

Eh! Messieurs, finissez vos contestations et secourez, si vous le pouvez, ce pauvre diable.

GILLE.

Ah! je me meurs! Du vin!... du vinaigre!

LE MAISTRE.

Il me fend le cœur. Despeschez-vous donc.

TAILLE-BRAS.

Celà va estre fait dans le moment.

LE MAISTRE.

Qu'allez-vous donc faire?

TAILLE-BRAS.

Luy couper le bras que j'emporteray chez moy, puisque vous estes si pressé, et je panserai la main tout à loisir.

GILLE.

Oh! non, non, Monsieur, n'allez pas si viste. Ah!

je sens bien que je n'iray pas loin. Cela me gagne les parties nobles. Ah! Monsieur mon maistre! qu'il est dur de mourir si jeune! Mais, auparavant, ne pourrois-je pas faire un petit bout de testament par-devant main de notaire?

TAILLE-BRAS.

Oh! cela est très aisé. Pour vivre à son aise, il faut manger à plus d'un râtelier. Je suis chirurgien, comme vous sçavez, et tabellion, fort à vostre service. Faites seulement apporter une table.

(*Il tire son écritoire, du papier et une plume; après quoy, il se met en posture d'écrire.*)

[*LE TESTAMENT DE GILLE.*]

Vous n'avez à présent qu'à me dicter vos volontés : « Par-devant, etc... fut présent, etc... lequel, etc... nous a ainsy dicté ses intentions. Premièrement... » Allons, Monsieur Gille, c'est à vous de parler.

GILLE.

Ah! Monsieur! vous n'avez qu'à écrire tout ce qu'il vous plaira.

TAILLE-BRAS.

Mais, Monsieur, ce sont vos volontés, et non pas les nostres, que nous devons coucher sur le papier.

GILLE.

Eh bien! Monsieur, puisque cela est, pour la bonne amitié que je porte à M. Parlaventrebleu, mon maistre, je luy laisse cette maison-cy.

LE MAISTRE.

Comment, cette maison-cy? Mais, vraiment, elle m'appartient.

GILLE.

C'est pour cela que je vous la laisse, mon doux maistre. Vous voyez bien que je ne puis l'emporter. Item, je laisse à Jacqueline, la cuisinière de M. Parlaventrebleu, la plus grosse paire de fesses qu'il y ait dans le village.

TAILLE-BRAS.

Mais, Monsieur...

GILLE.

Ecrivez, écrivez.

TAILLE-BRAS.

... Dans tout le village.

GILLE.

Plus, je laisse au notaire qui aura eu la bonté de faire mon testament...

TAILLE-BRAS.

Ah! Monsieur Gille, la plume me tombe des mains.

GILLE.

Attendez, Monsieur. Je laisse donc au susdit notaire ou tabellion la plus belle paire de cornes qui ait jamais esté sur la teste d'un cocu.

TAILLE-BRAS.

Mon amy, vous faites le goguenard. Heureusement que je suis garçon, cela ne me regarde pas. Mais je vous déclare que, dès à présent, je renonce au legs.

GILLE.

Cela dépendra plus de vostre femme que de vous. Item, je laisse à mon petit frère, Guillaume Bambinois, toute ma garde-robe, à condition qu'il dépendra de M. Parlaventrebleu, mon bon maistre...

TAILLE-BRAS.

Qu'il pendra M. Parlaventrebleu?

LE MAISTRE.

Non pas, s'il vous plaît, Monsieur le tabellion; diable! quel quiproquo! Mettez, s'il vous plaît, dépendra et non pendra. Mais, Gille, je ne te connois pas de garde-robe. En quoy consiste-t-elle?

GILLE.

Vous le voyez, Monsieur, je porte tout sur moy. Il y a pourtant encore deux chaussons chez la blanchisseuse. Item, je laisse à Lallemand, frotteur de feu Mme Parlaventrebleu...

TAILLE-BRAS.

Un lavement au frotteur de madame?

GILLE.

Eh! non, Monsieur.

TAILLE-BRAS.

Monsieur Gille, ma foy, vous vous moquez de nous. Je vois bien qu'il faut quitter la plume pour le bistouri.

GILLE.

Attendez encore un moment, Monsieur. Dans un grand péril, j'ay fait un vœu singulier dont je n'ay

3.

pu encore m'acquitter. Si vous voulez bien le faire
pour moy, ou M. Visautrou, je crois mesme que,
pour le présent, cela convient mieux à monsieur
l'apothicaire, qui est marié depuis trois mois.

VISAUTROU.

Cela est vray, Monsieur, et j'ay mesme une fort
jolye femme.

GILLE.

Tant mieux, Monsieur; vous vous acquitterez
mieux du vœu, et je vous en auray une extrême
obligation.

VISAUTROU.

Mais, s'il faut trop s'éloigner de ma maison, Monsieur, j'ay bien des pratiques.

GILLE.

Oh! Monsieur, pourvu que vous en soyez seulement à cent pas, cela suffit.

VISAUTROU.

Cela estant, je vous promets d'exécuter vostre
vœu.

GILLE.

Ah! je respire et je meurs content. Eh bien! Monsieur, dans un danger très pressant, j'ay fait vœu...
Ah! je n'y tiens plus!

VISAUTROU.

Achevez donc!

GILLE.

Monsieur, vous ne le voudrez pas. Ma pauvre
femme Gillette n'a jamais voulu m'acquitter de ce
vœu, et cela luy estoit bien facile.

VISAUTROU.

Eh bien ! à son refus, je m'en charge.

GILLE.

Assurément?

VISAUTROU.

J'en jure par ma seringue, mes canons et mon mortier.

GILLE.

Eh bien, donc! Monsieur, dans un très grand péril, puisque j'estois prest d'estre pendu pour avoir esté en maraude, j'ay fait vœu, si j'en revenois...

VISAUTROU.

De quoy as-tu fait vœu?

GILLE.

J'ay fait vœu d'estre cocu.

VISAUTROU.

Que le diable t'emporte, animal! Exécute ton vœu toy-mesme. Il y a une heure qu'il nous tient le bec dans l'eau pour nous dire une impertinence. Or çà, finissons. Voyons cette main malade.

GILLE.

Ah! ah! ah!

LE MAISTRE.

Doucement, Monsieur Visautrou. (*A Gille.*) Là, là, un peu de patience. Tu ne seras pas plus tôt guéry que tu ne sentiras plus de mal.

GILLE.

Voyez le gros sorcier !

TAILLE-BRAS.

Commençons par le pouce.

GILLE.

Ah! Monsieur, prenez garde. Ah! ah! ah! ah!

(Icy arrive une sage-femme du voisinage qui soustient qu'elle a entendu les cris d'une fille qui veut accouscher; qu'elle s'y connoît. Elle soustient que Gille est une fille déguisée, laquelle a esté débauchée par le maistre, qui y est très sujet. Elle veut visiter Gille. On la chasse.)

TAILLE-BRAS.

Enfin, nous voicy débarrassés de cette folle. Voicy le cornet qui enveloppoit le pouce. Je n'y vois aucun mal.

GILLE.

Tout de bon, Monsieur?

VISAUTROU.

Certainement.

GILLE.

Je ne m'en serois jamais douté.

VISAUTROU.

Passons à l'index.

GILLE.

C'est celui-là. Il m'élance furieusement. Ah! ah! ah!

TAILLE-BRAS.

Il est très sain.

GILLE.

Ah! quel bonheur! Il faut donc que le mal soit au doigt du milieu.

VISAUTROU.

Le voilà descouvert.

GILLE.

Ah! Monsieur, je vous le disois bien! Du vin!...
du vinaigre!...

TAILLE-BRAS.

Non, mon amy, il n'y a rien. Nous avons osté le
papier qui le couvroit. Voilà ce que M. Visautrou
vouloit dire.

GILLE.

Tant mieux. Mais, Messieurs, allez, je vous prie,
bien doucement aux deux autres.

VISAUTROU.

Voilà les cornets ostés, et ces deux doigts ne sont
pas plus maltraités que les trois autres.

GILLE.

Cela est-il bien vray, Messieurs?

TAILLE-BRAS.

Très vray.

GILLE.

Voyez ce que fait la force de l'imagination.

TAILLE-BRAS.

Monsieur, ce coquin-là se moque de nous et de
vous.

LE MAISTRE.

Je ne le crois pas assez fin pour cela.

TAILLE-BRAS.

A la bonne heure; mais il faut nous payer.

LE MAISTRE.

Cela est juste. Gille, sur l'argent qui te reste pour
la dépense de la maison, satisfais ces messieurs. Je
rentre me préparer pour mon voyage.

GILLE.

Or çà, Messieurs, combien vous faut-il?

TAILLE-BRAS.

Mais, pour monsieur et pour moy, cela peut valoir quinze francs.

GILLE.

Quinze francs! Ma foy, Messieurs, il ne me reste que quinze sols dix-huit deniers. Si cela vous accommode, vous pouvez les partager entre vous deux.

VISAUTROU.

Quel insolent! Pour qui nous prens-tu?

GILLE.

Pour des ignorans qui ne sçavez pas connoistre si je suis malade.

TAILLE-BRAS.

Il s'agit de nous satisfaire, sinon...

GILLE.

Ah! vous n'estes pas contens? Eh bien! voicy la monnoye que j'ay à vous donner.

(*Il les rosse et les chasse.*)

SCÈNE III

GILLE, LE MAISTRE.

[*LA BOUTEILLE AU CUL.*]

LE MAISTRE.

Eh bien! ces messieurs sont-ils payés?

GILLE.

Oh! que ouy, Monsieur.

LE MAISTRE.

Avant de partir pour Corbeil, je me suis ressou-

venu que j'avois vingt écus à envoyer à mon procureur. Tu les luy porteras dans cette bourse.

GILLE.

Ouy, Monsieur.

LE MAISTRE.

Et voicy une bouteille de vin grec, qu'en passant
tu remettras à Mlle Ampoüisse.

GILLE.

Ouy, Monsieur.

(*Il porte la bouteille à sa bouche.*)

LE MAISTRE.

Que veux-tu faire?

GILLE.

Je veux voir si c'est du vin grec.

LE MAISTRE.

Et comment le reconnoistrois-tu? Tu n'en as
jamais bu.

GILLE.

Non, Monsieur, mais cela est aysé. Si en buvant
il fait grec, grec, grec, c'est du vin grec.

LE MAISTRE.

Fort bien, mais je ne prétens pas que tu satisfasses
ta curiosité en cette occasion, et tu peux assurer
Mlle Ampoüisse que c'est du véritable vin grec.
(*Gille veut boire.*) Oüais! cette bouteille te tente
terriblement. Oh! je sçais un bon moyen de t'empescher d'y toucher. (*Le Maistre lui attache la bouteille au derrière avec une corde pendante. Durant
ce temps, Gille se mouche sur sa manche.*) Il faut
avoüer que tu es bien malpropre.

GILLE.

Dame, Monsieur, j'ay oublié mon mouchoir. Je vais le chercher dans la maison.

LE MAISTRE.

Va, et ensuite tu iras exécuter tes commissions. Pour moy, je vais partir pour Corbeil.

(*Ils rentrent.*)

SCÈNE IV

PRENS-TOUT, LAISSE-RIEN.

PRENS-TOUT.

Morbleu! camarade, voilà une belle occasion de boire la bouteille de vin grec que Gille doit porter à Mlle Ampoüisse.

LAISSE-RIEN.

Mais comment peux-tu parvenir à la boire, puisque tu as vu, comme moy, que son maistre la luy a attachée au derrière?

PRENS-TOUT.

Voilà qui est bien difficile! Tu n'as non plus d'idée qu'un enfant. Tiens, mon amy, voicy ce qu'il faut faire. Pendant que l'un de nous l'amusera par quelque récit merveilleux auquel il donnera toute son attention, l'autre boira à mesme la bouteille, et chacun de nous aura son tour.

LAISSE-RIEN.

Ventrebleu, tu as raison, je ne suis qu'une beste.

Tu as l'invention plus belle que moy. Mais je ne te le cède en rien pour l'exécution.

PRENS-TOUT.

Nous allons voir. Voicy Gille, Sois sur tes gardes. Je vais commencer.

SCÈNE V

PRENS-TOUT, LAISSE-RIEN, GILLE.

GILLE.

Enfin, voilà le maistre party. Je vais exécuter mes commissions.

PRENS-TOUT.

Eh, parbleu ! camarade, je crois voir Gille Bambinois Cadet Laisné.

LAISSE-RIEN.

Ouy vrayment, c'est luy-mesme.

GILLE.

Ouy, Messieurs, c'est moy-mesme ; est-ce que vous me connoissez ?

PRENS-TOUT.

N'es-tu pas fils de cette tripière qui vendoit de la chair cuite au Pont-aux-Choux ?

GILLE.

Ouy, Messieurs.

LAISSE-RIEN.

On disoit aussy qu'en chambre elle en fournissoit à la cour.

4

GILLE.

Justement, c'est elle-mesme.

PRENS-TOUT.

Vous aviez une sœur assez gentille?

GILLE.

Ouy vrayment. Mais si vous me connoissez, moy, je ne vous connois pas.

LAISSE-RIEN.

Nous avons pourtant, Prends-Tout et moy, esté à l'escole avec toy.

GILLE.

Cela peut estre. Mais il y a bien longtemps.

PRENS-TOUT.

Depuis plus de vingt-cinq ans, mon amy, nous avons voyagé par toute la terre, et nous avons vu des choses si étonnantes que nous ne les pouvons croire nous-mesmes.

GILLE.

Je serois bien curieux de sçavoir ces choses-là.

PRENS-TOUT.

Croirois-tu bien, par exemple, que dans le Mono-motapa j'ay vu une souris qui avoit fait ses petits dans l'oreille d'un chat?

(*Pendant ce temps, Laisse-Rien boit à la bouteille.*)

GILLE.

Dans l'oreille d'un chat? Cela est-il possible?

(*D'un coup de cul il culbute Laisse-Rien, qui se relève et vient lui raconter ce qui suit.*)

LAISSE-RIEN.

Dans le pays des Chinois...

GILLE.

Les cerneaux sont à bon marché dans ce pays-là.

LAISSE-RIEN.

Pourquoy, mon ami?

GILLE.

Eh! parguenne, s'ils font des noix si aisément, quand ils ont le ventre libre ils font des cerneaux.

LAISSE-RIEN.

Oh! le plaisant corps! Le pays des Chinois, mon amy, c'est la Chine. Dans ce lieu, j'ay vu pendre un homme pour avoir, dans un four chaud, fait durcir des pelotes de neige qu'il vendoit pour du sel.

GILLE.

Houlas! Ils sont donc bien sévères, dans ce pays-là?

(*Il culbute Prens-Tout d'un coup de cul, en disant :* Houlas!)

PRENS-TOUT.

Dans la Norvège, j'ai vu une rivière dont les eaux sont si chaudes que l'on y pesche des brochets au court-bouillon, des tanches à l'estuvée et des carpes frites.

GILLE.

Cela est-il croyable? houlas!

(*Il culbute Laisse-Rien.*)

LAISSE-RIEN.

En passant par la Suisse, j'ay vu un homme sans bras qui tenoit son cul à deux mains.

GILLE.

Ah! celuy-là est original.

(*Il culbute Prens-Tout.*)

PRENS-TOUT.

Ce n'est rien que cela. J'ay vu à Durtal quelque chose de bien plus curieux quand j'y passay. Il y avoit un serrurier qui avoit trouvé le secret de faire des servantes d'acier, lesquelles, par le moyen de ressorts très souples, obéissoient à tout ce qu'on leur commandoit.

GILLE.

Cela est des plus merveilleux. Mais la rouille ne s'y mettoit-elle pas?

PRENS-TOUT.

Non, mon amy, pourvu qu'on eût le soin de les fourbir deux fois la semaine.

GILLE.

Oh! parguenne! si j'en avois eu une, elle n'auroit pas couru risque de s'enrouiller. Des servantes d'acier! Houlas!

(*Il culbute Laisse-Rien.*)

LAISSE-RIEN.

J'ay fait trois mille lieues à pied avec la mesme paire de souliers sans que la semelle fût usée.

GILLE.

Oh! le gros fin! Tu portois tes souliers dans tes mains.

LAISSE-RIEN.

Non, mon amy, c'est que la semelle de ces souliers estoit faite de langues de femmes. Cela ne s'use jamais.

GILLE.

Oh! oh! Cela est plaisant.

(*Il culbute Prens-Tout.*)

PRENS-TOUT.

Dans le pays du roy des Mèdes...

GILLE.

Il y a donc bien des gadoues dans ce pays-là, puisque c'est le roy des Merdes?

PRENS-TOUT.

Fy ! le vilain ! Je te dis roy des Mèdes, animal ! Dans ce pays, toutes les filles, dès l'âge de douze ans, s'amusent avec une flûte d'Arabie qui n'a qu'un trou et dont elles jouent sans remuer les doigts.

GILLE.

Qu'est-ce donc qu'elles remuent? Oh ! morguenne, voilà un drosle de corps.

(*Il culbute Laisse-Rien.*)

PRENS-TOUT.

Nous ne t'avons pas menty d'un seul mot dans la moindre chose.

GILLE.

Oh ! je vous crois, Messieurs, tout cela est bel et bon. Mais quelque plaisir que j'aye à retrouver d'aussy anciens camarades, il faut que je vous quitte pour porter cette bouteille de vin grec à son adresse. Adieu, mes amis, nous nous reverrons.

PRENS-TOUT.

Adieu, camarade.

LAISSE-RIEN.

Adieu, à revoir.

(*Ils sortent.*)

SCÈNE VI

GILLE, LE MAISTRE.

Le Maistre.

Il faut avouer que je suis heureux. Au moment
que j'allois entrer dans le bateau, j'ay rencontré celuy
qui me devoit de l'argent. Il m'a payé et nous avons
esté boire bouteille ensemble. Mais n'aperçois-je
point mon valet Gille? C'est luy-mesme. Apparemment qu'il arrive de chez Mlle Ampoüisse. Eh bien,
comment se porte-t-elle?

Gille.

Ah! Monsieur, vous voilà de retour?

Le Maistre.

Ouy. Je ne vais pas en campagne. Eh bien! que
dit-on de ma bouteille?

Gille.

De vostre bouteille? Elle est encore en place. Je
n'y ay pas touché au moins.

Le Maistre.

Et pourquoy ne l'as-tu pas portée?

Gille.

J'y allois lorsque deux de mes camarades d'escole
sont arrivés icy d'un grand voyage qui a duré vingt-
cinq ans. Ils m'ont raconté des choses si surprenantes que j'en suis encore tout confus et tout estonné.

Le Maistre.

Je gagerois presque que ce sont quelques fripons
qui se sont moqués de toy.

GILLE.

Oh! que non, Monsieur, ce sont d'honnestes gens. Ils s'appellent, l'un Prens-Tout et l'autre Laisse-Rien.

LE MAISTRE.

Voilà deux noms bien suspects. Cela sent diablement les filous. Voyons un peu ma bouteille... Il n'y a plus rien dedans!

GILLE.

Il n'y a plus de vin grec?

LE MAISTRE.

Non vraiment.

GILLE.

Ah! parbleu, Monsieur, le tour est drosle. Apparemment qu'ils l'ont bu l'un après l'autre à mon derrière, car je n'en voyois jamais qu'un à la fois; je ne m'en doutois pas. Mais, morguenne, ils ont fait bien des culbutes pour en venir à bout. Je ne sçais pas comment ils ne se sont pas cassé le nez.

LE MAISTRE.

Et moy, je ne sçais à quoy il tient, maraud, que je ne te casse la teste pour ta butorderie.

GILLE.

Morguenne! je ne pouvois pas deviner leur friponnerie. C'est vous qui estes une beste de m'avoir attaché cette bouteille au cul.

LE MAISTRE.

Je vous apprendray à parler, maraud.

GILLE.

Monsieur, prenez garde à ce que vous allez faire; si une fois la moutarde me monte au nez...

LE MAISTRE.

Comment, insolent, tu oses menacer ton maistre!
Il faut que je te passe mon épée à travers le corps.

GILLE.

Doucement, Monsieur, j'ay auparavant une petite
question à vous faire.

LE MAISTRE.

Quelle est-elle?

[*LE POINT D'HONNEUR.*]

GILLE.

Deux hommes veulent se battre l'épée à la main;
le pied glisse à l'un des deux; il tombe par terre.
L'autre peut-il profiter de sa chute et le maltraiter?

LE MAISTRE.

Non. Le point d'honneur veut que celuy qui est
debout attende que l'autre soit relevé.

GILLE.

Le point d'honneur veut cela absolument?

LE MAISTRE.

Très absolument! On se déshonoreroit de faire
autrement.

GILLE, *aparté*.

Nous allons bientost voir si tu dis vray.

(*Il donne un coup de poing à son maistre et
se jette à terre.*)

LE MAISTRE.

Ah! maraud, je vais t'abattre la teste.

GILLE, *à terre*.

Le point d'honneur!

LE MAISTRE.

Lève-toy, coquin!

GILLE.

Quel sot!

LE MAISTRE.

Ah! misérable! l'insulte est trop grande.

GILLE.

Le point d'honneur! Tu vas te déshonorer.

LE MAISTRE.

Voilà un maistre faquin!... Et ma bourse, à quoy je ne pensois plus, qu'est-elle devenue?

GILLE.

Ta bourse, elle est avec l'argent.

LE MAISTRE.

Et l'argent?

GILLE.

Avec la bourse.

LE MAISTRE.

Mais la bourse et l'argent?

GILLE.

Ils sont ensemble.

LE MAISTRE.

Oh! il faut que je perce ce scélérat.

GILLE.

Doucement! Le point d'honneur.

LE MAISTRE.

Ces fripons te l'auront aussy escamotée.

GILLE.

Cela peut estre. Voyons. Non... la voilà!

LE MAISTRE.

Ah! Du moins, j'en suis quitte pour ma bouteille.

Et, parbleu! je ne chargeray pas un sot de la bourse.
Quoiqu'il commence à faire nuit, je la porteray moy-
mesme, et je veux bien que l'on m'étrille si l'on me
l'attrape. Rentre au logis, coquin; rentre, et ne parois pas devant moy que ma colère ne soit passée.

GILLE.

J'en suis quitte à bon marché.

(*Gille rentre.*)

SCÈNE VII

LE MAISTRE, PRENS-TOUT.

[*LE PETIT JACQUOT.*]

PRENS-TOUT, *aparté.*

Nous verrons tout à l'heure si tu es plus fin que
ton valet.

LE MAISTRE.

Je vais du même pas chez mon procureur. Il n'y
a pas loin d'icy.

PRENS-TOUT, *contrefaisant le petit garçon.*

Ah! Monsieur, Monsieur, ayez pitié de moy;
Monsieur, ayez pitié de moy!

LE MAISTRE.

Qu'as-tu, mon enfant?

PRENS-TOUT.

Mon père veut m'assommer, Monsieur.

LE MAISTRE.

Ton père? Et qui est-il?

PRENS-TOUT.

C'est M. Guillaume, Monsieur, le savetier du coin. Et moy, Monsieur, je suis le petit Jacquot, son fils.

LE MAISTRE.

Et qu'as-tu fait à ton père?

PRENS-TOUT.

Hélas! rien, Monsieur; parce que j'ay esté jouer à la fossette avec des petits garçons comme moy. Ah! Monsieur, le voilà, le voilà!

LE MAISTRE.

Eh bien! je vais luy parler.

PRENS-TOUT.

Je vous en prie, Monsieur, soyez mon protecteur.

(*Prens-Tout, qui s'accroupit quand il fait le petit garçon, se lève de toute sa grandeur quand il contrefait M. Guillaume et passe tantost à droite et tantost à gauche du Maistre.*)

LE MAISTRE.

Laisse-moy faire.

PRENS-TOUT, *d'une grosse voix.*

Si j'attrape ce petit fripon, je l'assommeray du coup. (*D'une petite voix et passant de l'autre costé.*) Vous l'entendez, Monsieur.

LE MAISTRE.

Ouy, ouy, cache-toy derrière moy. Eh bien! qu'est-ce, monsieur Guillaume? Vous voilà bien en colère.

PRENS-TOUT.

Ouy, Monsieur, j'ay un petit coquin de fils qui depuis huit jours fait l'eschole buissonnière.

LE MAISTRE.

Tu ne m'avois pas dit cela.

PRENS-TOUT.

Cela est vray, Monsieur; ce sont mes camarades qui m'ont débauché.

LE MAISTRE.

Tu es un petit libertin.

PRENS-TOUT.

Je crois, Monsieur, entrevoir ce petit gueux à costé de vous. Ah! vous allez voir comme je vais l'étriller.

(Il rosse le Maistre et se remet du costé du petit garçon en criant de toutes ses forces.)

LE MAISTRE.

Prenez donc garde à ce que vous faites.

PRENS-TOUT.

Ah! Monsieur, je n'en puis plus; je suis mort. Mon père frappe comme un sourd.

LE MAISTRE.

La correction est un peu violente. Eh bien! à présent, monsieur Guillaume, il faut luy pardonner.

PRENS-TOUT.

Luy pardonner, Monsieur, à un petit fripon qui me vole.

LE MAISTRE.

Qui vous vole?

PRENS-TOUT.

Ouy, Monsieur, qui me vole pour aller voir la fille.

LE MAISTRE.

Ah! ah! le petit pendard!

PRENS-TOUT.

Ah! Monsieur, je vous demande excuse. Mon père a menty. (*Il grossit sa voix.*) Vous l'entendez, Monsieur? Comment, coquin, j'ay menty! Ah! vous en aurez. (*Il rosse le Maistre.*) Ahi! ahi! ahi! Ah! Monsieur, je suis brisé de coups.

LE MAISTRE.

Tu le mérites bien. Mais, monsieur Guillaume, prenez un peu garde comme vous frappez. Il y a une partie des coups qui tombent sur moy.

PRENS-TOUT.

Je vous en demande pardon, Monsieur, c'est la fureur qui me transporte. Mais aussy un petit voleur qui va voir la fille!... Ah! je vous apprendray, coquin!... (*Il rosse le Maistre.*) Ah! Monsieur, je n'ay pas volé mon père. J'ay trouvé par terre, dans la poche de sa culotte, trente-six sols.

LE MAISTRE.

Par terre, dans sa poche? Cela ne vaut rien. Et tu as été voir la fille avec cet argent?

PRENS-TOUT.

Non, Monsieur, je vous assure. Mon père se moque, je n'ay que douze ans.

LE MAISTRE.

Mais aussy, monsieur Guillaume, vous n'y pensez pas de dire que vostre fils va voir la fille. Il n'a que douze ans!

PRENS-TOUT.

Qu'est-ce que cela fait, Monsieur? je la voyois bien à dix, moy qui vous parle.

LE MAISTRE.

Oh! cela estant, il chasse de race. Mais en voilà assez, vous l'avez suffisamment maltraité.

PRENS-TOUT.

Ah! que non, Monsieur, je luy en donneray bien davantage. (*Il prend sa petite voix.*) Ah! pardon, mon papa, mon petit papa. (*De sa grosse voix.*) Point de pardon. Je veux qu'il expire sous le baston. (*De sa petite voix.*) Ah! ah! je n'en puis plus, j'ay la teste cassée. Ah! je suis mort.

LE MAISTRE.

Que diable! éloigne-toy donc de moy. Je reçois plus de coups que toy!

PRENS-TOUT.

Ah! Monsieur, je vous en fais excuse. (*De sa petite voix.*) Monsieur, amusez mon père pendant que je m'enfuiray. (*Il lui embrasse la cuisse et luy vole sa bourse. De sa grosse voix.*) Avant que tu t'enfuyes, je prétends t'estropier et te rendre cul-de-jatte.

(*Il rosse le Maistre, crie de toute sa force et s'en va.*)

LE MAISTRE.

Peste soit du brutal! Je suis brisé de coups et je n'auray jamais la force d'aller porter mon argent chez mon procureur. Mais, ciel! on m'a pris ma bourse... Au voleur! au voleur!

SCÈNE VIII

LE MAISTRE, GILLE.

GILLE.

Que diantre, voilà bien du tapage!

LE MAISTRE.

Ah! Gille, je suis au désespoir! On m'a roüé de coups et on m'a volé ma bourse.

GILLE.

Comment? Ce sont donc des assassins?

LE MAISTRE.

Non! Il faut que ce soit ce petit fripon de Jacquot qui m'ait fait ce tour.

GILLE.

Qu'est-ce que ce petit Jacquot?

LE MAISTRE.

Un petit garçon que son père vient de bien rosser. C'est le fils de M. Guillaume. Je me suis mal à propos meslé dans leur querelle, et ce petit coquin, en m'embrassant la cuisse, m'aura sans doute volé ma bourse, que j'avois mise dans cette poche-là.

GILLE.

Cela est-il bien possible?

LE MAISTRE.

Oh! cela n'est que trop sûr. Il n'y a que ce petit

fripon qui m'ait abordé depuis que tu es rentré dans
la maison.

GILLE.

Monsieur, avec vostre permission, que je vous
oste vostre épée. Elle ne fait que vous embarrasser.

LE MAISTRE.

Tiens, la voilà!

GILLE.

(Il jette l'épée dans la maison et étrille son maistre.)

Ah! vous vous laissez voler vostre bourse, et vous
m'avez battu pour avoir laissé boire à mon cul une
méchante bouteille de vin grec. Vous en aurez tout
vostre sou.

LE MAISTRE.

Comment, scélérat?

GILLE.

N'avez-vous pas dit tantost : Je veux bien que
l'on m'étrille si l'on me prend cette bourse?

(Il le rosse.)

LE MAISTRE.

Ah! misérable! à ton maistre? Coquin! si tu ne
m'avais pas osté mon épée!

GILLE.

Oh! je n'ay eu garde de me fier au point d'honneur.

LE MAISTRE.

Sors de ma maison, infâme!

GILLE.

Très volontiers. Je ne me soucie guère de servir
un pareil maistre.

Le Maistre.

Oh! je n'en puis plus. Je suis moulu de coups.
Je vais me mettre au lit. Qu'on aille me chercher
un chirurgien!

ACTE II

SCÈNE PREMIÈRE

GILLE SEUL.

Il faut avoüer que je joue de malheur. Mon maistre m'assomme parce que je laisse boire son vin à mon derrière, et il a l'esprit assez mal fait pour se fascher quand je luy donne quelques coups de bâton pour s'estre laissé voler sa bourse. Il fait plus, il me chasse de la maison. Après tout, je m'en bats les fesses. Jusqu'à ce que j'aye trouvé une autre condition, je vais me retirer chez ma femme. Nous ne sommes pas cependant trop bien ensemble. Eh bien! je prendray avec elle un ton caressant. (*Il heurte à la porte.*) Gillette! Gillette!

SCÈNE II

GILLE, GILLETTE.

[*TU FERAS LE MÉNAGE.*]

GILLETTE, *en dedans.*
Qui est le butor qui frappe ainsy?
GILLE.
C'est moy, Gillette.

GILLETTE.

Qui, toy?

GILLE.

Et, parbleu! c'est Gille, le mary de Mme Gillette.

GILLETTE.

Eh bien! attends, je ne sçaurois t'ouvrir à présent.

GILLE.

Pourquoy donc? Qu'est-ce qui t'en empesche?

GILLETTE.

C'est que je suis en voyage.

GILLE.

Comment, en voyage?

GILLETTE.

Ouy, je suis actuellement dans l'isle de Chio.

GILLE.

Ma foy, je crois qu'elle dit vray, cela ne sent pas trop bon.

GILLETTE.

Eh bien! me voilà; que me veux-tu?

GILLE.

Bonjour, ma petite femme; viens çà que je te baise.

GILLETTE.

Ah! le vilain! comme il pue le vin!

GILLE.

Oh! mon trognon, tu ne t'y connois pas. Je n'ay bu d'aujourd'huy que de l'eau-de-vie.

GILLETTE.

Chien d'yvrogne! Voilà à quoy tu employes tous tes gages. Va, va, je prierai M. de Parlaventrebleu de ne pas te donner dorénavant un sol.

GILLE.

Cela seroit inutile, ma petite femme; nous ne demeurons plus ensemble.

GILLETTE.

Tu n'es plus à son service?

GILLE.

Non, je luy ay donné son congé avec quelques coups de bâton par-dessus le marché.

GILLETTE.

Ah! ah! Je ne m'estonne plus si tu fais tant le chien couchant.

GILLE.

Ma foy, Gillette, tu te trompes. Si je te caresse, c'est que je t'aime, et tu sçais bien que nous ne nous brouillons jamais ensemble que pour ta malpropreté. Je ne trouve jamais ton ménage bien rangé.

GILLETTE.

Pardienne, tu es bien plaisant. Si tu ne le trouves pas bien, viens le faire toy-mesme.

GILLE.

Mais ce n'est pas l'affaire d'un homme.

GILLETTE.

Ne voilà t'il pas un plaisant galeux pour tant faire le monsieur?

GILLE.

Doucement, Gillette. Je suis un peu brutal, comme vous sçavez, et je pourrois bien appliquer sur ta face une giroflée à cinq feüilles qui te changeroit la fisolomie.

GILLETTE.

Jour de Dieu! tu n'es pas assez hardy pour cela. Je t'arracherois les yeux.

GILLE.

Tais-toy, tais-toy. Tu n'es qu'une bavarde.

GILLETTE.

Je babille moins que toy, si ce n'est quelquefois avec nos voisines.

GILLE.

Ah! ouy, ouy, avec nos voisines. Dis plutost avec un certain voisin qui te... Baste!... Que je t'y attrape, je l'étrilleray en chien courant.

GILLETTE.

Haye! haye! Il faut filer doux. Va, tu ne sçais ce que tu dis. Je le répète, tu n'es qu'un bavard.

GILLE.

C'est toy qui n'es qu'une babillarde éternelle.

GILLETTE.

Eh bien! veux-tu faire un marché nous deux? Tiens, pour te faire voir que je parle moins que toy, celuy de nous qui parlera le premier fera le ménage.

GILLE.

Je le veux bien. Oh! parbleu! je suis bien sûr que ce sera toy qui le feras.

GILLETTE.

Nous allons voir. Mais écoute, Gille, nous pouvons du moins nous expliquer par signes.

GILLE.

Soit! par signes! Et combien de temps garderons-nous le silence?

GILLETTE.

Autant que tu le voudras.

GILLE.

Eh bien! une heure.

GILLETTE.

Va! une heure. C'est pour en mourir, cependant!
Mais, n'importe!

*(Ils s'asseyent sur une banquette, se font plusieurs signes.
Gille luy montre la porte de son amant et luy fait entendre qu'elle couche avec luy. Gillette, par signes, soustient que cela n'est pas vray. Et, en luy montrant les
cornes, luy affirme qu'elle ne le fait pas cocu. Gille se-
coüe la teste et luy fait comprendre que, s'il en estoit certain, son amant ne mourroit que de sa main et qu'il l'as-
sommeroit ensuite.)*

SCÈNE III

GILLE, GILLETTE, Un Suisse, *à moitié yvre.*

LE SUISSE.

Ponne chour, ma petit cuir. Li fouloir que je li
estrc à toy, la petite pouchonne. (*Il veut la caresser;
Gillette le repousse, Gille rit.*) Toy rire, ti moy?
fisache di plastre! Moy tonnir à toy une ponne
soufflet à ta physonomie. (*Gille demande excuse
par gestes.*) Ah! toy li estre ponne garçonne. (*A Gillette.*) Toy li estre par mon foy joulie. Ta fisache li
estre sans façonnement. Li estre pas comme la
fisache de sti damoiselles di Paris. Moy li estre con-

tent peaucoup plus que grandement di faire avec toy un petit l'épousement pour mon vie. (*Gillette fait entendre qu'elle est mariée à Gille, qu'il est jaloux et craint d'estre cocu.*) Moy craindre pas le cocuage, vouloir encore pousser sti fille. (*Gillette rit.*) Toy li estre, par mon foy, la plus pelle meilleure himeur du monde. Toy li dire à moy un petite touceur. (*Gillette luy fait entendre qu'elle est muette.*) Ponne pour moy, un femme muette. Quand moy revenir à ma logement, je la trouvir touce comme un moutonne. Fienne donc toy avec moy, ma petit cuir. (*Gille veut l'empescher d'emmener Gillette.*) Par mon foy, moy tonnir à toy un soufflet sur ton face! Va trouvir un petit ménage qui aura la mesme ressemplement. Ponne chour, camerate.

> (*Il emmène Gillette, malgré Gille qui reçoit quelques soufflets.*)

GILLETTE, *derrière le théâtre.*

Au secours, Gille... Gille, à moy! (*Gille rit de toute sa force.*) Gille... Gille... (*Elle revient son bonnet tout de travers.*) Ah! vilain coquin! Il faut que tu sois bien lasche pour souffrir que l'on me traite ainsy!

GILLE.

Tu as parlé la première. Tu feras le ménage.

GILLETTE.

Vilain gueux! vilain yvrogne!

GILLE.

Tu feras le ménage.

GILLETTE, *le battant*.

Sac à vin ! infâme !

GILLE.

Tu feras le ménage.

GILLETTE, *aparté*.

Puisque ce vilain marsoüin est si beste, je vais me venger de luy en le faisant luy-mesme porteur d'une lettre pour M. Olibrius, mon amant. (*Haut.*) Ne songeons plus à ce misérable-là. Voicy une lettre que M. Stirlik-Berlik m'a chargée de faire remettre à nostre voisin, M. Olibrius. Il m'a dit qu'il y auroit un écu à gagner pour cette commission. J'en aurois chargé cet indigne, mais je vais la porter moy-mesme.

GILLE.

Un écu pour le porteur de cette lettre ? Ah ! voyez donc comme elle la rendra ! Va ! va ! je la porteray aussy bien que toy.

GILLETTE.

Oh ! que non.

GILLE *la luy arrache*.

Rentre seulement dans la maison et point de bruit.

GILLETTE.

Voyez ce bélistre qui m'empesche encore de gagner un écu. Je rentre seulement pour me recoiffer; mais nous nous reverrons. (*Bas.*) Oh ! l'animal ! oh ! le cheval !

(*Elle rentre.*)

SCÈNE IV

GILLE, M. OLIBRIUS.

[*LE CARTEL.*]

GILLE.

Toc! toc! Holà! quelqu'un.

OLIBRIUS, *en spadassin.*

Qui est-ce qui heurte donc ainsy?

GILLE.

C'est moy, Monsieur. Il faut commencer par me donner un écu pour le port.

OLIBRIUS.

Eh! je crois que c'est monsieur Gille, mon voisin. Et pour le port de quoy demandez-vous un écu?

GILLE.

Pour le port de cette lettre. Ma femme m'a dit qu'il y avoit autant à gagner.

OLIBRIUS, *aparté.*

Il faut que ce soit quelque tour d'adresse de Mlle Gillette, pour me faire tenir un billet. (*Haut.*) Mais, mon amy, faut-il encore que je sçache de quoy il s'agit et de quelle part vient cette lettre.

· GILLE.

De la part de M. Stirlik-Berlik.

OLIBRIUS.

Je ne me trompe pas. C'est une tromperie de ma maîtresse. Mon voisin, quand j'auray lu la lettre, tu auras l'écu, si la lettre le dit.

6

GILLE.

Ah! bon, cela.

OLIBRIUS.

(Il prend la lettre et lit les premières lignes qui le confirment dans sa pensée. Puis, voyant Gille qui veut entendre ce qu'il lit, il luy dit :)

Vous estes bien curieux, mon amy.

GILLE.

Monsieur, outre l'écu promis, j'ay encore des raisons pour sçavoir ce que contient cette lettre.

OLIBRIUS, *aparté.*

Je vais luy jouer d'un tour à quoy il ne s'attend pas. Eh bien! mon voisin, il faut vous satisfaire. *(Au lieu de la lettre, il lit le cartel suivant :)* « Monsieur, vous m'avez offensé dans l'honneur, et je veux vous voir l'épée à la main. Mais, comme j'ay pris médecine aujourd'huy et que je ne puis me battre, ce sera, s'il vous plaist, contre le porteur que vous aurez à faire. »

GILLE.

Contre le porteur? Cet homme est fou. A propos de quoy me battre, moy?

OLIBRIUS.

Attendez, mon amy. *(Il feint de continuer à lire.)* « C'est un brave garçon! Cependant, comme il est journalier, s'il refusoit de mesurer son épée contre la vostre... »

GILLE.

Il ne faut pas estre bien brave pour mesurer deux épées et voir quelle est la plus longue.

Olibrius *continue à feindre de lire.*

« Avec une douzaine de coups de bâton vous viendrez à bout d'échauffer sa bile. En cas que vous ne soyez pas content de son procédé, vous pouvez l'assommer ou luy couper la teste. Je prens le tout sur mon compte et suis vostre ennemy.

« Stirlik-Berlik. »

GILLE.

Qu'est-ce que cela veut dire? Il ne parle pas de me donner un écu.

OLIBRIUS.

Au contraire, mon amy, tu l'as entendu, il faut te battre contre moy.

GILLE.

Mais je ne connois pas Stirlik-Berlik, et je ne vous ay jamais offensé.

OLIBRIUS.

N'es-tu pas porteur de cette lettre?

GILLE.

Ouy! Qu'est-ce que cela fait?

OLIBRIUS.

Qu'est-ce que cela fait? tu vas le voir. Allons, morbleu! l'épée à la main.

GILLE.

Attendez donc. Je n'en ay pas; et, d'ailleurs, je ne veux pas me battre.

OLIBRIUS.

Cela estant ainsy, il faut avoir recours au remède.

(*Il rosse Gille.*)

GILLE.

Ahi! ahi! ahi! Gillette, Gillette, au secours!

SCÈNE V

OLIBRIUS, GILLE, GILLETTE.

GILLETTE.

Qu'y a-t'il donc? Tu cries comme un homme que l'on assomme.

GILLE.

Eh! parguenne, je crois que c'est à peu près la mesme chose. Tu me bailles là une bonne commission.

GILLETTE.

Qu'est-ce à dire?

GILLE.

Il faut que je me batte l'épée à la main contre M. Olibrius! La lettre le dit.

GILLETTE.

Eh bien, poltron, tu recules dans une affaire d'honneur? Je me battray, moy.

OLIBRIUS.

Ah! Mademoiselle, je veux bien faire assaut avec vous, mais ce ne sera pas avec ces armes-là.

GILLETTE.

Trêve de plaisanterie, Monsieur; je ne l'entends pas, moy, et je vous auray bientost donné vostre reste.

OLIBRIUS.

Oh ! Mademoiselle, je le crois bien.

GILLETTE, *à Gille.*

Lasche que tu es ! Vois-tu comme je luy fais peur !
Ce n'est qu'un poltron.

GILLE.

Si j'en estois sûr !

GILLETTE.

Tu es cent fois plus méchant que luy. D'ailleurs,
je sçais à n'en point douter que la lame de son épée
n'est que de plomb et la garde de fer-blanc.

GILLE.

Queu conte !

GILLETTE.

Il n'y a pas de conte. Je vais te chercher une épée.
Je veux absolument que tu te battes contre luy.

GILLE.

Si les choses sont comme tu le dis, je me battray
seurement.

OLIBRIUS.

Eh bien ! ce dialogue-là finira-t'il ?

GILLETTE,

Attendez, attendez, Monsieur le rodomont. Vous
allez voir beau jeu.

GILLE.

Oh ! oh ! Nous ne vous craignons pas.

GILLETTE *apporte une épée et sort.*

Tiens, voilà une bonne épée. Allons, du courage !

6.

GILLE.

Cela est bien aisé à dire.

(*Il cache son épée.*)

OLIBRIUS *tourne autour de luy*.

Ah! c'en est trop, je veux abattre la teste à ce coquin-là.

GILLE.

Gillette! c'est bien le diable, il veut me couper la teste.

GILLETTE.

Tu n'es qu'un sot. Mets l'épée à la main. Tu verras qu'il fuira aussitost.

(*Elle rentre.*)

GILLE.

Allons! morbleu... Gillette, il ne s'enfuit pas!

OLIBRIUS.

Voilà bien des raisons.

GILLE.

Tenez, Monsieur, j'ay une proposition à vous faire; je ne demande pas mieux que de me battre, mais je ne puis le faire de sens froid.

OLIBRIUS.

Ah! qu'à cela ne tienne; je vais échauffer ta bile. Allons, coquin, maraud, infâme, lâche, poltron!

GILLE.

Oh! tout cela ne me fâche pas.

OLIBRIUS.

Non? Eh bien! je sçais un autre moyen de te mettre en colère.

(*Il le rosse.*)

GILLE.

Oh! passe pour cela. Pour le coup, tu vas voir beau jeu. (*Il met l'épée à la main.*) Comment nous battrons-nous?

OLIBRIUS.

Mais seul à seul.

GILLE.

Va, seul à seul.

(*Gille luy tourne le dos et tire des bottes en l'air.*)

OLIBRIUS.

Que fais-tu donc?

GILLE.

Je me bats seul à seul.

OLIBRIUS.

Ce n'est pas ainsy que je l'entends.

GILLE.

Parguenne! cela m'accommode, moy; et il y aura bien du malheur si je suis blessé de cette manière.

OLIBRIUS.

Allons, mon amy, trêve à la plaisanterie.

GILLE.

Attendez donc; vous poussez comme un diable. Tenez, afin de n'avoir pas d'avantage l'un sur l'autre, marquons une raye sur le plancher.

OLIBRIUS.

Volontiers.

GILLE.

Voilà mon chapeau qui servira de raye.

OLIBRIUS.

Va! (*Il tire des bottes.*) Avance donc.

GILLE.

Queu nyais !

OLIBRIUS.

Comment, misérable !...

GILLE.

Prens garde à la raye... Mais, parguenne! vous
estes un drosle de brave; vostre épée est plus longue
que la mienne de deux pieds.

OLIBRIUS.

Je n'en crois rien.

GILLE.

Voyons, voyons.

OLIBRIUS.

Je t'en fais juge toy-mesme. Voilà mon épée.

GILLE, *avec les deux épées.*

Ah! ah! poltron.

OLIBRIUS.

Mais, Gille...

GILLE.

Vous fuyez, coquin...

OLIBRIUS, *aparté.*

Ah! c'en est trop! Je ne veux que le fourreau de
mon épée pour luy faire peur. (*Haut.*) Attends,
coquin, voilà une autre épée.

GILLE *se sauve.*

Gillette ! Gillette ! Viste, au secours !

SCÈNE VI

OLIBRIUS, GILLE, GILLETTE.

GILLETTE.

Eh bien! que me veux-tu?

GILLE.

Vois-tu comme il me pousse! Arreste-le donc.

GILLETTE.

Attends, attends.

(*Elle prend Olibrius, l'enlève et l'emporte dans la maison.*)

OLIBRIUS.

Ah! traîtresse! Laschez-moy.

GILLE.

Ne le lasche pas, au contraire. Pousse la porte.
Diable! ma vie en dépend.

GILLETTE, *en dedans.*

Ne crains rien, j'ay mis les verrous.

GILLE.

Ce n'est pas assez. Ferme la serrure à double
tour.

GILLETTE.

Sauve-toy, Gille, c'est le plus court. Il est si furieux qu'il veut sauter par la fenestre.

GILLE.

Ma foy, sauvons-nous, c'est un diable que cet
homme-là.

ACTE III

SCÈNE PREMIÈRE

LE MAISTRE, SANS-QUARTIER,
DIVERTISSANT.

[LES VALETS HORS DE CONDITION.]

LE MAISTRE.

Je voudrois bien sçavoir d'où vous venez, Messieurs les coquins. Il y a deux jours que vous n'avez pas paru dans la maison.

SANS-QUARTIER.

Monsieur, excusez, s'il vous plaist. C'est que la bastarde de la cousine de M. Divertissant a esté mariée à Saint-Denis, et, comme il a esté prié de la nopce, et moy aussy, nous n'avons pas voulu refuser l'honneur qu'on nous a fait.

DIVERTISSANT, *yvre*.

Ouy, Monsieur, nous en arrivons dans le moment. La mariée a voulu que la nopce se fît à Saint-Denis, à cause de la grande mesure. Ah! pardy, nous y avons bu comme des trous. Heu!

LE MAISTRE.

Ah! le vilain yvrogne! Cela est bel et bon, mais

je vous trouve bien insolens d'aller ainsy à la nopce sans m'en demander la permission.

SANS-QUARTIER.

Considérez, Monsieur, que c'est la bastarde de sa cousine.

LE MAISTRE.

Fût-ce la bastarde du diable; voilà une belle parenté. Et encore vous me laissez avec Gille, qui est un butor.

DIVERTISSANT.

Oh! pour cela, ouy, Monsieur.

LE MAISTRE.

Une franche beste.

SANS-QUARTIER.

Vous avez raison.

LE MAISTRE.

Un imbécile que, pour ses impertinences, j'ay esté obligé de chasser.

DIVERTISSANT.

Ah! que vous avez bien fait! D'ailleurs, c'estoit un yvrogne... heu!...

SANS-QUARTIER.

Qu'appelles-tu bien fait! Il s'agit de sçavoir pourquoy Monsieur l'a mis dehors.

LE MAISTRE.

Comment?

SANS-QUARTIER.

Ouy, Monsieur, on ne chasse pas ainsy un honneste garçon, et vous nous en direz, s'il vous plaist, la raison.

LE MAISTRE.

Je vous en diray la raison? Mais voilà des manans bien insolens!

DIVERTISSANT, *yvre*.

Mon camarade parle juste... Vous nous la direz
ou vous aurez beau jeu.

LE MAISTRE.

Mais je crois que ces coquins-là ont perdu l'esprit.

DIVERTISSANT.

Cela se pourroit, Monsieur, parce que Sans-Quartier et moy nous en avons. Mais, pour vous, vous
n'estes pas dans ce cas.

LE MAISTRE.

Oh! c'est pousser l'impudence au dernier point.
Parbleu, faquins, je vous apprendray à qui vous
parlez. Hors d'icy, et ne vous avisez jamais de
remettre les pieds chez moy.

SANS-QUARTIER.

Non, Monsieur, nous ne sortirons pas comme
cela.

LE MAISTRE.

Vous ne sortirez pas?

DIVERTISSANT.

N'avez-vous pas chassé Gille?

LE MAISTRE.

Sans doute.

DIVERTISSANT.

Vous nous renvoyez aussy?

LE MAISTRE.

Assurément!

Divertissant.

Eh bien! il faut que Jacqueline sorte avec nous.

Le Maistre.

Jacqueline, je m'en garderay bien. C'est une fille sage, raisonnable.

Sans-Quartier.

Cela n'est pas vray, Monsieur; et nous ne voulons pas qu'elle reste davantage dans votre chienne de maison.

Le Maistre.

Ah! ah! cecy est plaisant! Et quelle autorité avez-vous donc sur Jacqueline?

Sans-Quartier *et* Divertissant, *ensemble.*

C'est ma femme, Monsieur.

Le Maistre.

Comment? C'est votre femme à tous deux ?

Divertissant.

Ouy, Monsieur, nous l'avons épousée aux Porcherons, et nous la servons par quartiers.

Le Maistre.

Insolens! Je ne sçais à quoy il tient que je ne vous donne cent coups de bâton.

Sans-Quartier.

Vous n'estes pas assez hardy pour cela, entendez-vous?

Le Maistre.

Ah! vous osez me défier, marauds que vous êtes! Je vous apprendray à me connoistre! Hors d'icy, coquins!

Sans-Quartier.

Ahi! ahi! ahi!

7

DIVERTISSANT.

Au secours! au guet! à la livrée!

LE MAISTRE.

Ah! je vous étrilleray sur le ventre et partout.

(*Ils se sauvent.*)

SCÈNE II

SANS-QUARTIER, DIVERTISSANT.

SANS-QUARTIER.

Ne nous voilà pas mal, à présent. De quoy diable aussy t'avises-tu de parler de Jacqueline?

DIVERTISSANT.

Il est vray, j'ay tort! Le diable emporte la chienne de nopce et la bastarde de la cousine! Nous voilà donc hors de condition.

SANS-QUARTIER.

Parbleu, mon amy, il faut s'en consoler. Voicy justement Gille. Il est dans le mesme cas que nous.

SCÈNE III

SANS-QUARTIER, DIVERTISSANT, GILLE.

GILLE.

Morguenne! j'ay fait une sottise.

SANS-QUARTIER.

Eh! bonjour, camarade; comment va la joye?

GILLE.

Mal! Vous estes bien heureux, vous autres, d'estre toujours chez M. de Parlaventrebleu. Moy, il m'a chassé pour une bouteille de vin grec.

DIVERTISSANT.

Ma foy, mon amy, il nous a aussy mis à la porte.

GILLE.

Sérieusement?

SANS-QUARTIER.

Ouy, ma foy. Mais, à propos, il ne nous a pas payé nos gages!

GILLE.

Parguenne! vous m'en faites ressouvenir. Il ne m'a donné à compte qu'une volée de coups de bâton!

DIVERTISSANT.

Cela n'a point de cours au marché. Mais les luy as-tu demandés, tes gages?

GILLE.

Non.

SANS-QUARTIER.

Ny nous non plus.

DIVERTISSANT.

Il n'est pas dans son tort. Il faut aller les luy demander. Mais un seul de nous doit porter la parole.

SANS-QUARTIER.

Eh bien! ce sera moy, et vous verrez de quelle

manière je m'y prendray. Eloignez-vous seulement un peu. Je vais heurter à sa porte.

(Ils se retirent dans la coulisse.)

SCÈNE IV

SANS-QUARTIER, LE MAISTRE.

Sans-Quartier *heurte rudement à la porte.*
Holà! hé! quelqu'un?

LE MAISTRE.

Quel est l'insolent qui heurte de cette manière et qui ose dire holà! hé! en frappant à ma porte?

SANS-QUARTIER.

C'est moy, Monsieur.

LE MAISTRE.

Comment, faquin, vous osez me parler le chapeau sur la teste!

SANS-QUARTIER.

Pourquoy ne l'aurois-je pas? Je ne suis plus vostre domestique.

LE MAISTRE.

Ah! maraud, je vous apprendray le respect que vous me devez.

SANS-QUARTIER.

Doucement, Monsieur; je suis brutal, je vous en avertis.

LE MAISTRE.

Et moy, je vais vous montrer comme je traite les brutaux.

(*Il le rosse, le chasse et rentre.*)

SCÈNE V

DIVERTISSANT, SANS-QUARTIER,
GILLE.

DIVERTISSANT.

Ah bien! As-tu reçu quelque chose?

SANS-QUARTIER.

Ouy.

GILLE.

Allons, morbleu, de la joye. (*Il chante.*) Allons! allons! allons à la guinguette, allons!

DIVERTISSANT.

As-tu de l'argent?

SANS-QUARTIER.

Ma foy, non.

GILLE.

Ny moy non plus.

DIVERTISSANT.

Mais tu nous as dit que tu avois reçu...

SANS-QUARTIER.

Ouy, des coups de bâton.

7.

GILLE.

Va-t'en au diable! De quelle manière lui as-tu donc parlé?

SANS-QUARTIER.

D'un ton ferme et mesme un peu insolent.

DIVERTISSANT.

Tu as tort! Il falloit user de politesse. Laisse-moy faire. J'y vais, moy, et j'espère que je ne reviendray pas les mains vides.

SANS-QUARTIER.

Vas-y donc. Nous verrons si tu réussiras mieux que moy. Nous t'attendons icy près.

SCÈNE VI

LE MAISTRE, DIVERTISSANT.

DIVERTISSANT.

Toc, toc, toc.

LE MAISTRE.

Qui heurte?

DIVERTISSANT.

Monsieur, c'est vostre petit serviteur.

LE MAISTRE.

Voilà un ton bien soumis.

DIVERTISSANT.

Monsieur, c'est que je sçais vivre. Sans-Quartier ne sçait pas éplucher ses paroles. Pour moy, Monsieur, je me flatte que vous voudrez bien me faire l'honneur de me faire la grâce d'écouter mes raisons.

LE MAISTRE.

Oh! oh! voilà du brillant. Écoutons!

DIVERTISSANT.

Monsieur, Aristote dit que quand on quitte le mareschal on paye les vieux fers.

LE MAISTRE.

Je n'ay jamais lu cela dans Aristote.

DIVERTSSANT.

Cela y est pourtant. Or, est-il, Monsieur; prenez par comparaison que Sans-Quartier, Gille et moy, nous sommes les mareschaux, et vous le cheval... Vous·voyez bien la conséquence de mon raisonnement, et il faut que vous nous payiez..

LE MAISTRE.

Cela est juste, et je vais payer vos comparaisons ce qu'elles méritent.

(*Divertissant crie; le Maistre le rosse et rentre.*)

SCÈNE VII

DIVERTISSANT, SANS-QUARTIER, GILLE.

SANS-QUARTIER.

Il me semble que tu n'es pas content?

DIVERTISSANT.

Non, cet homme-là n'aime pas les comparaisons. Il y avoit, pourtant, bien de l'esprit dans

ce que je luy disois. Je n'y comprends rien. Sans-
Quartier l'a abordé d'un ton brusque; il l'a rossé;
moi, d'un air doucereux, et avec toute la politesse
possible. Il m'a battu. Comment donc faut-il s'y
prendre?

GILLE.

J'en viendray à bout, moy. Vous allez voir. Il
faut prendre un ton aigre-doux. Éloignez-vous.

SCÈNE VIII

GILLE, LE MAISTRE.

GILLE.

Holà! Quelqu'un! Est-ce qu'il n'y a personne
icy? Ventre teste bleue !

LE MAISTRE.

Qui est là?

GILLE, *d'un ton poly*.

Ah! Monsieur, je suis vostre valet. C'est M. Gille
Bambinois Cadet Laisné qui vient pour vous faire,
avec vostre permission, une petite prière.

LE MAISTRE.

Voilà parler, cela. Eh bien ! de quoy s'agit-il, mon
amy?

GILLE.

D'une bagatelle. De payer nos gages, à mes camarades et à moy... (*Élevant la voix.*) Sinon, par la
mort!...

LE MAISTRE.

Ah! Doucement, doucement, Monsieur Gille.
Point de colère.

GILLE, *aparté*.

Il a peur. Courage! Sçavez-vous bien, Monsieur,
avec tout le respect que je vous dois, que si vous ne
nous donnez de l'argent, et tout à l'heure, je suis
homme à mettre le feu?

LE MAISTRE, *feignant d'avoir peur*.

A mettre le feu?

GILLE.

Ouy! à mettre le feu! Ah! ah! Vous ne me con-
naissez pas encore!

LE MAISTRE, *d'un ton élevé*.

A mettre le feu? faquin! A mettre le feu, misérable! (*Gille recule et tremble*) à mettre le feu, infâme! à ma maison, apparemment!

GILLE.

Ah! que non, Monsieur, à un fagot, au premier
cabaret, pour nous chauffer; car nous enrageons de
froid, mes camarades et moy; et, si vous voulez
bien, sauf votre respect, nous bailler, à-compte,
quelque petite monnoye...

LE MAISTRE.

Ah! quand on s'y prend ainsy, encore passè; je
vois bien que tout ce que vous avez dit et le ton que
vous avez pris est une pure plaisanterie.

GILLE.

Oh! pour cela, ouy, Monsieur, je suis très plaisant
de mon naturel.

LE MAISTRE.

Je le voyois bien. Et quelle espèce voulez-vous? Est-ce de la monnoye courante ou de la monnoye de poids?

GILLE.

Mais, Monsieur, je crois qu'il n'y a pas de mal à ce qu'elle soit de poids. (*D'un ton insolent.*) Mais depeschez-vous, car si une fois la cervelle s'eschauffe...

LE MAISTRE.

Oh! puisque vous estes si vif, il faut vous payer sans attendre. Tenez, voilà de la monnoye de poids. (*Il le rosse.*) Partagez cela avec vos camarades.

(*Il luy présente la batte.*)

GILLE.

Je n'y manqueray pas, Monsieur.

SCÈNE IX

GILLE, SANS-QUARTIER, DIVERTISSANT.

[*LA CONSPIRATION.*]

SANS-QUARTIER.

Eh bien! comment t'es-tu tiré d'affaire?

GILLE.

A merveille, j'ay reçu de la monnoye de poids, et vous en aurez vostre part.

DIVERTISSANT.

Cela est juste.

(*Gille les rosse, ils crient.*)

GILLE.

Je n'ay pas reçu d'autre argent.

SANS-QUARTIER.

Que la peste te crève avec tes mauvaises plaisanteries! Mais, après tout, il nous faut de l'argent; et, puisque nous avons à faire à un homme si peu raisonnable, il faut luy faire un mauvais party.

(*Le Maistre paroît derrière eux et les écoute.*)

DIVERTISSANT.

Tu as raison. J'imagine une chose toute simple. Il faut icy guetter Jacqueline. La première fois qu'elle sortira de la maison, je l'aborderay, et pendant que je l'amuseray, vous irez semer des pois sur l'escalier de M. de Parlaventrebleu. Quand elle sera rentrée dans sa cuisine, nous heurterons fortement à la porte. Elle n'ouvrira pas. Le maistre, impatient, voudra descendre pour voir qui heurte. Il tombera du haut en bas de l'escalier et se rompra le col.

SANS-QUARTIER.

Cela ne vaut rien. On trouvera les pois; on s'informera qui les a semés. Nous serons arrestés et peut-estre envoyés aux galères. Je pense à quelque chose de mieux. M. de Parlaventrebleu aime la pesche. Il faut nous déguiser en basteliers. Il a la vue basse; il ne nous reconnoistra pas. Il entrera dans nostre bateau, que nous aurons auparavant percé de toutes parts et rebouché avec du liège. Au milieu de la rivière, dans l'endroit le plus profond, nous osterons les bouchons. L'eau pénétrera dans le bateau ; il ira bientost à fond... et...

GILLE.

Voilà ce qui s'appelle avoir de l'esprit, cela !

DIVERTISSANT.

Fort bien ! Et nous serons tous trois dans le bateau ?

SANS-QUARTIER.

Sans doute.

DIVERTISSANT.

Et vous sçavez l'un et l'autre nager, apparemment ?

GILLE.

Comme une pierre.

SANS-QUARTIER.

Et moy à peu près de mesme.

DIVERTISSANT.

Vous voyez bien, mon amy, que vous raisonnez comme un cheval, et que nous nous noyerons tous, de compagnie.

GILLE.

Divertissant a raison. Oh ! morguenne ! C'est moy, pour le coup, qui ay trouvé une bonne manière de nous venger. Cela part de là. Écoutez-moy bien. Nostre maistre, comme vous sçavez, relève de maladie, et il luy est resté un petit bénéfice de ventre. Je m'introduiray dans la maison par le moyen de Jacqueline ; j'osteray la lunette des commodités qui sont dans la cour. A sa place, j'en mettray une qui ne sera que de papier brouillard. Quand il viendra pour se mettre dessus, voilà mon bigre qui dégringolera jusqu'au fond de la fosse.

DIVERTISSANT.

Nostre maistre ne sera pas assez imbécile pour se laisser ainsy attraper.

GILLE.

Trouve donc un meilleur expédient.

DIVERTISSANT.

Ouy dà! Je viens d'en imaginer un contre lequel la justice ne sçauroit mordre sur nous, et je vous garantis mon homme mort, pourvu que nous trouvions quelqu'un qui ait l'haleine assez forte pour cela.

GILLE.

Qu'appelles-tu la laine?

DIVERTISSANT.

Le souffle! le vent!

GILLE.

S'il ne s'agit que de cela, je suis bien vostre affaire.

DIVERTISSANT.

Eh bien! mon amy, nous nous cacherons, Sans-Quartier et moy, aux deux costés de la porte du maistre. Sitost qu'il sortira nous l'arresterons, nous luy mettrons la culotte bas...

GILLE.

Cela est bien imaginé.

DIVERTISSANT.

Toy, Gilles, tu luy souffleras au derrière jusqu'à ce que l'âme luy sorte par la bouche. La justice ne viendra pas fourrer son nez là.

GILLE.

Va-t'en au diable, avec ton expédient. Souffles-y
toy-mesme.

SCÈNE X

SANS-QUARTIER, DIVERTISSANT,
GILLE, LE MAISTRE.

(*Sitost que le Maistre paroît, ils se retirent de chaque costé
et écoutent ce qu'il dit.*)

LE MAISTRE.

Parbleu, je viens de faire un plaisant rêve. Je
m'imaginois que trois coquins à pendre conspiroient
contre ma vie. L'un proposoit de me faire casser le
col en semant des pois sur mon escalier; le second,
en perçant un bateau sur lequel il supposoit que je
monterois pour aller à la pesche; un autre, en enle-
vant la lunette des commodités et en luy substituant
une lunette de papier gris.

GILLE.

Monsieur, vostre serviteur. J'ay entendu tout ce
que vous venez de dire. Et vous avez fait effectivement ce rêve-là?

LE MAISTRE.

Ah! ah! Vous voilà, Messieurs, je ne vous voyois
pas. Tenez, ces trois fripons vous ressembloient
comme deux gouttes d'eau.

GILLE.

Celuy-là n'a-t-il pas la filosomie du semeur de pois?

LE MAISTRE.

Justement.

GILLE.

Et celuy-cy n'a-t-il pas un peu l'air du bastelier ou du pescheur?

LE MAISTRE.

Ouy, vraiment, et je trouve dans les traits de ton visage tous ceux du lunetier de papier broüillard.

GILLE.

Cela est fort plaisant.

LE MAISTRE.

Mais ce qui m'a le plus réjoui dans mon rêve, c'est la proposition que l'un d'eux a faite de me faire mourir d'une façon très comique. Qu'en dis-tu, mon amy?

GILLE.

Ah! Monsieur, je ne suis pas complice de cette mort-là. Je n'ay jamais voulu souffler. Mais, Monsieur, en conscience, vous avez fait véritablement ce rêve-là?

LE MAISTRE.

Ouy, vraiment, mais je ne l'ay pas achevé.

SANS-QUARTIER.

Peut-on, Monsieur, vous demander ce qui y manque?

LE MAISTRE.

C'est de donner cent coups de bâton à ces trois coquins-là.

(*Il les rosse, ils crient, et le Maistre rentre.*)

SCÈNE XI

DIVERTISSANT, SANS-QUARTIER, GILLE.

[*LE DOCTEUR EN TESTE.*]

SANS-QUARTIER.

Ne nous voilà pas mal avec nostre chienne de conspiration! Ma foy, nous avons fait une sottise. Mais il faut tascher de la réparer.

GILLE.

Comment faire?

DIVERTISSANT.

Nous ne sommes pas capables de faire entendre raison à cet homme-là. Il faudroit trouver quelqu'un qui pût en venir à bout.

GILLE.

Ouy; mais c'est là le difficile.

SANS-QUARTIER.

Il me vient une idée. Il faut luy mettre un docteur en teste.

DIVERTISSANT.

C'est bien imaginé; mais as-tu de l'argent pour donner à ce docteur?

Sans-Quartier.

Non.

Divertissant.

Ny moy.

Gille.

Pour moy, je n'ay pas la maille.

Divertissant.

Nous voilà bien embarrassés. Il faut que l'un de nous se déguise en docteur. Le maistre ne voit pas trop clair, il ne nous reconnoistra pas.

Sans-Quartier.

Fort bien. Ce sera donc toy qui fera le rosle.

Divertissant.

Non. Il faudroit avoir une figure qui en imposât.

Sans-Quartier.

Comme Gille, par exemple.

Gille.

Ne pensez pas rire, Messieurs. Il n'y a pas un de vous qui me vaille.

Sans-Quartier.

Eh bien! Ce sera donc toy qui feras le docteur.

Gille.

Docteur toy-mesme! Parbleu, je ne sais ni lire ni écrire.

Divertissant.

Cela n'y fait rien. Avec une robe, tout ce qu'il faut pour te déguiser et quatre mots de mauvais latin tu feras ton personnage à merveille. Et puis, nous te soufflerons!

Gille.

Ouy-da! Pour me faire mourir.

SANS-QUARTIER.

Non, non, Gille, ce ne sera pas de cette façon.
Habillons-le toujours.

DIVERTISSANT.

Le compère Retourné, M⁰ fripier, nostre voisin,
nous prestera bien une robe. J'en vois une pendue
à sa boutique.

GILLE.

Mais je crains les coups de bâton.

DIVERTISSANT.

Il n'y a rien à appréhender. On ne bat pas impunément un docteur.

SANS-QUARTIER.

Tiens, voilà tout l'équipage.

(*On habille Gille comiquement.*)

GILLE.

Me voilà plaisamment fagoté. Et le latin?

SANS-QUARTIER.

Je vais t'apprendre d'excellent latin. Il faudra le
prononcer d'un ton grave. Ecoute bien :
Ego.

GILLE.

Pourquoy m'appelles-tu nigaud ?

SANS-QUARTIER.

Je ne te dis pas cela. Je dis : *Ego !*

GILLE.

Nego ?

SANS-QUARTIER.

Ego.

GILLE.

Ergo?

SANS-QUARTIER.

Ego, ego, ego!! Beste que tu es !

GILLE.

Ego, ego, ego, beste que tu es ! Mais c'est là du français.

SANS-QUARTIER.

Sum.

GILLE.

Je t'assomme?... Va-t'en au diable !

SANS-QUARTIER.

Sum doctor.

GILLE.

Doctor !

SANS-QUARTIER.

Doctorantibus, payantibus.

GILLE.

Doctorantibus, payantibus.

SANS-QUARTIER.

A *Sanquartieribus.*

GILLE.

A *Sanquartieribus.*

SANS-QUARTIER.

Divertissantibus et Gilantibus.

GILLE.

Divertissantibus et Gilantibus. La peste ! Voilà de beau latin, à ce qu'il me paroist !

DIVERTISSANT.

Il est très énergique. Or çà ! Es-tu bien sûr de ton rosle, en te soufflant ?

GILLE.

Heurte seulement. Tu verras si j'ay de l'esprit. Mais soufflez-moy bien tous deux.

DIVERTISSANT.

Ne t'embarrasse de rien.

(*Gille reste dans un coin.*)

SCÈNE XII

SANS-QUARTIER, DIVERTISSANT, GILLE, LE MAISTRE.

SANS-QUARTIER.

Toc ! toc ! toc !

LE MAISTRE.

Qui est là ?

SANS-QUARTIER.

Monsieur, c'est vostre très humble serviteur.

LE MAISTRE.

Encore !

DIVERTISSANT.

Ah! Monsieur, ne vous faschez pas, s'il vous plaist, et écoutez-moy. Nous avons connu que nous n'estions que des bestes et que nous n'avions pas assez d'esprit pour entrer en conversation avec vous au sujet de nos gages, et, pour cet effet, nous nous sommes proposé de vous mettre un docteur en teste.

LE MAISTRE.

Un docteur en teste?

SANS-QUARTIER.

Ouy, Monsieur; un docteur qui sçait lire et écrire.

LE MAISTRE.

Oh! oh!

SANS-QUARTIER.

Nous espérons que vous voudrez bien que nous vous le présentions.

LE MAISTRE.

Quand vous m'amènerez un homme raisonnable, encore passe...

DIVERTISSANT.

Je vais donc le faire entrer, Monsieur.

LE MAISTRE.

Très volontiers. Je l'écouteray avec plaisir.

DIVERTISSANT.

Avancez, Monsieur le docteur. C'est à Monsieur à qui il faut porter la parole.

SCÈNE XIII ET DERNIÈRE

SANS-QUARTIER, DIVERTISSANT, LE MAISTRE, GILLE.

GILLE.

Ego.

SANS-QUARTIER, *soufflant.*

Sum.

GILLE.

Sum.

SANS-QUARTIER, *soufflant.*

Doctor, doctorantibus.

LE MAISTRE.

Avec vostre permission, Monsieur le docteur, j'ay oublié de dire quelque chose dans ma maison. (*Il entre et, en dedans, il dit d'une voix élevée.*) Qu'on l'arreste, qu'on luy coupe la gorge..., qu'on le jette dans l'eau boüillante, qu'on luy arrache poil à poil...

GILLE, *effrayé pendant ce discours, jette tout son équipage et s'enfuit en disant :*

Entends-tu tout ce qu'il dit ?... Quelque sot qui ira haranguer cet homme-là !

DIVERTISSANT.

Eh ! ne vois-tu pas bien qu'il s'agit apparemment du cochon de lait qu'on luy a envoyé il y a trois jours. Tu t'effrayes de rien. Qu'on le jette dans l'eau boüillante; c'est pour le peler.

GILLE.

Ah! ma foy, j'ay eu belle peur.

DIVERTISSANT.

Habille-toy! Allons! un peu de courage! Le voicy : *Ego sum doctor.*

(Il le rhabille.)

GILLE.

Ego sum doctor.

LE MAISTRE.

Je vous demande excuse, Monsieur le docteur. Vous venez dans un moment où j'estois occupé. Je suis à vous dans l'instant. *(En dedans :)* Qu'on lie ces cotrets..., qu'on en prenne cinq ou six; des meilleurs paremens.

GILLE, *jetant tous ses habits à terre,*
à Sans-Quartier.

Eh bien! qu'as-tu à dire?

SANS-QUARTIER.

Eh! animal, c'est pour faire cuire le cochon de lait, pour luy donner de la couleur.

GILLE.

Cela pourroit bien estre. Je me suis alarmé hors propos. *(Il se rhabille comiquement.)* Reprenons nostre air grave. Le voicy : *Ego sum doctor.*

LE MAISTRE.

Pardonnez, Monsieur, je n'ay qu'un petit mot à dire. *(Il rentre et dit en dedans:)* Quinte, quatorze et le point.

GILLE *jette toutes ses hardes à terre.*

Cecy n'est point équivoque, pour le coup.

SANS-QUARTIER.

Eh bien?

GILLE.

Quinze ou quatorze coups de poing !

DIVERTISSANT.

Peste soit du butor ! Il a dit quinte, quatorze et le point. Sans doute, il avoit commencé une partie de piquet.

GILLE.

Tu crois cela?

SANS-QUARTIER.

Très certainement.

GILLE.

Ah! que j'ay esté alarmé !

DIVERTISSANT.

Allons! remets ta robe.

(Gille se rhabille.)

LE MAISTRE.

Eh bien, Monsieur le docteur ?

GILLE.

Ego sum doctor...

LE MAISTRE.

Je suis à vous dans la minute. (*Il rentre et dit en dedans:*) Quatorze de valets.

GILLE *jette sa robe à terre et veut s'enfuir.*

Au diable si je les attends !

DIVERTISSANT.

Peste soit du butor! Le piquet, animal! le piquet! Quatorze de valets.

GILLE.

Ah! j'ay cru estre mort!

SANS-QUARTIER.

Allons! bon courage; rhabille-toy.

LE MAISTRE.

Je ne puis avoir un moment à moy. Eh bien, Docteur?

GILLE.

Ego sum doctor doctorantibus.

LE MAISTRE.

Je reviens dans l'instant. (*Il rentre et dit en dedans:*) Pique, cœur, et je jette du carreau.

GILLE *jette tout à terre.*

Qu'on luy pique le cœur, qu'on le jette sur le carreau! Dis donc encore que c'est là du piquet!

DIVERTISSANT.

Très seurement. Tu l'as vu jouer cent fois à ce jeu-là. Il nomme ses couleurs et la carte qu'il jette.

GILLE, *se rhabillant.*

Oh! par ma foy, je n'en puis plus!...

SANS-QUARTIER.

Allons, Gille, un peu de fermeté. Tu t'effrayes de rien.

LE MAISTRE.

Me voicy, enfin, et la partie de piquet est finie.

DIVERTISSANT.

Tu vois bien qu'il jouoit au piquet.

GILLE.

Effectivement. Je vois que tu as raison.

LE MAISTRE.

Eh bien? Monsieur le docteur, je vous attends.
Qu'avez-vous à me proposer pour ces messieurs?

GILLE.

Ego sum doctor.

LE MAISTRE.

Ah! parbleu, j'oubliois le plus essentiel. (*Il rentre
et dit en dedans :*) Jacqueline, que l'on aille tout
à l'heure chercher le chaudronnier.

GILLE *jette sa robe à terre et dit fort effrayé :*

Le chaudronnier!... Miséricorde!... C'est là du
piquet apparemment?

DIVERTISSANT.

Non, mon amy; mais tu sçais que les chaudrons,
et surtout la principale marmite de la maison, sont
en mauvais estat.

GILLE.

Ah! je suis plus qu'à demy mort. Je n'ay de ma
vie eu si peur!

SANS-QUARTIER.

Quelle misère! tu n'as non plus de courage qu'une
poule moüillée.

(*Il le rhabille.*)

LE MAISTRE.

Enfin, vous finirez votre phrase. *Sum doctor,
doctorantibus.*

(*Sans-Quartier et Divertissant soufflent Gille et luy disent
qu'il faut un peu se démener et remuer les bras.*)

GILLE.

*Payantibus a Sansquartieribus, Divertissantibus
et Gilantibus.*

LE MAISTRE.

Voilà un plaisant langage pour un docteur! De
quelle université est-il?

DIVERTISSANT.

De Bourges, Monsieur.

LE MAISTRE.

J'ay bien vu que ce n'estoit qu'un asne.

SANS-QUARTIER.

Si nous avions eu plus d'argent, nous aurions
achepté un docteur qui vous eût débité de meilleur
latin. Mais, comme vous n'avez jamais estudié qu'à
Asnières...

GILLE.

*A Sansquartieribus, Divertissantibus et Gilan-
tibus.*

(*En se demenant, sa robe, son chapeau et sa
perruque tombent.*)

LE MAISTRE.

Ah! ah! monsieur Gille! c'est donc vous qui
faites le personnage de docteur. Vous imaginez-
vous que je ne vous aye pas reconnu tout dès
l'abord?

GILLE.

Queu conte! Vous n'avez pas assez d'esprit pour
cela...

LE MAISTRE.

Ah! vous joignez l'insulte à l'insolence! Voilà

comme j'étrille monsieur le docteur de l'université d'Asnières.

DIVERTISSANT.

Mais, Monsieur, enfin! Nos gages?

LE MAISTRE.

Voilà comment je les paye à des coquins tels que vous.

(*Il les rosse. Mais Sans-Quartier, Divertissant et Gille ramassent des battes, se jettent sur le Maistre et l'assomment de coups. Il se sauve et ils sont si animés qu'ils se frappent longtemps l'un sur l'autre en criant de toutes leurs forces, sans s'apercevoir que le Maistre s'est retiré. Cette espèce de combat finit la parade.*)

DEUXIÈME PARADE

UN ACTE

Les Lapins. — Le Mort sur le banc, ou le Comte de Regnia-babo. — Gille barbier. — Le Repas imaginaire. — Le Mémoire de dépense. — Le Portrait. — Le Chat. — L'Araignée.

ACTEURS

M. CASSANDRE, vieillard.
GILLE, son valet.
PRENS-TOUT.
LAISSE-RIEN.
UN BARBIER.
UN PAYSAN.

DEUXIÈME PARADE

SCÈNE PREMIÈRE

CASSANDRE, GILLE.

CASSANDRE.

Venez icy, mon amy ; je compte avoir fait une bonne acquisition en prenant un valet comme vous. On m'a assuré que vous estes-fidèle et que c'est là vostre meilleure qualité. Mais, en mesme temps, l'on m'a dit que vous estes la simplicité mesme ; que, lorsqu'on vous donne une commission, vous la faites toujours de travers et que, quand on vous charge de porter quelque paquet, vous avez le plus souvent la bestise de vous le laisser escamoter. Cela ne m'accommoderoit pas.

GILLE.

Ce sont des gens qui m'en veulent qui vous ont parlé ainsy. Il est vray qu'il m'est arrivé quelquefois d'avoir à faire à des filous bien subtils. Mais, ma foy, de plus fins que moy y auroient été attrapés.

Aujourd'huy, Monsieur, je suis plus sur mes gardes, et je veux que le diable m'arrache quatre de vos meilleures dents s'ils ont quelque prise sur moy.

CASSANDRE.

Parle pour les tiennes, et non pour les miennes ; je n'en ay pas trop. Mais, à la bonne heure, si tu es à présent si dégourdy. Rentrons, et va déjeuner. Après cela, je te donneray deux lapins de ma garenne que tu porteras chez mon procureur.

GILLE.

Ouy, Monsieur. Oh ! vous verrez comme je m'acquitteray de cette commission.

(Ils rentrent.)

SCÈNE II

PRENS-TOUT, LAISSE-RIEN.

PRENS-TOUT.

Oh ! parbleu, camarade, je viens d'entendre M. Cassandre donner à Gille une commission qui m'a fait grand plaisir. Nous n'avons rien de gras pour souper ce soir. Il faut que nous enlevions une couple de lapins qu'il va porter au procureur de ce vieux fou.

LAISSE-RIEN.

C'est, mordy, bien imaginé.

PRENS-TOUT.

Comment veux-tu que nous les mangions ? En civet ou à la broche ?

LAISSE-RIEN.

· Je crois qu'il faudroit commencer par nous rendre
maistres des lapins avant que de décider à quelle sauce
nous les mangerons.

PRENS-TOUT.

Cela est égal, mon amy ; je les compte à nous.
Sois seulement attentif à ce qu'il faut que tu fasses
pour y parvenir. Je cours promptement me déguiser.

(*Il luy parle à l'oreille.*)

LAISSE-RIEN.

Cela vaut fait. Ne t'embarrasse de rien ; je jouerai
bien mon rosle ; mais ne perds pas de temps. J'aperçois Gille, je vais commencer la fourberie et tu vien-
dras y donner la dernière main.

SCÈNE III

GILLE, LAISSE-RIEN.

[*LES LAPINS.*]

GILLE.

Oh ! Parguenne, pour le coup, je veux faire voir
à mon maistre que je ne suis pas un sot. Il faut que
le diable s'en mesle si je ne porte pas ces lapins-là à
son procureur.

LAISSE-RIEN.

Piaux de connins ! piaux de connins ! Qui est-ce
qui veut vendre des piaux de connins ?

GILLE.

Oh! oh! voilà un drosle de marchand. Eh! dites-
moy, s'il vous plaist, mon amy, queu commerce
faites-vous là?

LAISSE-RIEN.

J'achepte des piaux de connins, je les repasse et je
les revends aux fourreurs.

GILLE.

Aux?...

LAISSE-RIEN.

Aux fourreurs.

GILLE.

Diable! Vous faites là un joly mestier. Ne pourrois-je pas repasser aussy quelqu'une de ces peaux-là?

LAISSE-RIEN.

Mais, Monsieur, il faut avoir appris son mestier
pour cela.

GILLE.

Bon! Cela s'apprend tout seul.

LAISSE-RIEN.

Je ne vous comprends pas, Monsieur; pour moy
j'ay esté six grands mois à l'apprendre.

GILLE.

Oh! quel butor!

LAISSE-RIEN.

Mais, Monsieur, je vois bien que nous ne nous
entendons pas. Vous pensez peut-estre à malice?

GILLE.

Ah! que non. Les peaux de connins, cela s'entend
de reste.

LAISSE-RIEN.

Ouy, cela s'entend. Ce sont des piaux de lapins que j'achepte. On conserve toujours dans les arts les mots propres, et, autrefois, les lapins ne s'appeloient pas autrement que connils et connins.

GILLE.

Oh ! oh ! je ne sçavois pas celuy-là, et je m'imaginois tout autre chose.

LAISSE-RIEN.

J'ay bien vu que vous estiez dans l'erreur. Nous acheptons aussy des peaux de toute sorte d'animaux : des chats, par exemple; mais elles ne sont pas si chères que celles des lapins. Je paye une peau de connin, suivant l'ancien style, quatre sols, et je n'en pourrois donner au plus que deux de celles des chats que vous portez.

GILLE.

Qu'appelez-vous chats ? Est-ce que vous estes fou ?

LAISSE-RIEN.

Non, vraiment.

GILLE.

Oh ! parbleu, il est bon là ! Des lapins de la garenne de mon maistre, les appeler des chats !

LAISSE-RIEN.

Des lapins, dites-vous ? Ah ! ah ! ah ! Il est bouffon. Vous voulez rire, apparemment. A vous permis !

GILLE.

Non, parbleu ! je ne veux pas rire.

LAISSE-RIEN.

Comme il vous plaira. Il m'est fort indifférent, à moy, que ce soit là un chat ou un lapin. Mais il faut ne pas avoir le sens commun pour dire que c'est là un lapin.

GILLE.

Et que voulez-vous donc que ce soit? Une lapine?

LAISSE-RIEN.

Non, mon amy, un chat, et cet autre encore un chat. Je le soutiendray devant tous les garenniers et tous les écorcheurs de France.

GILLE.

Oüais! Qu'est-ce que cela veut dire? Mon maistre voudroit-il se moquer de moy? Mais non, parbleu! ce sont des lapins.

LAISSE-RIEN.

Voudriez-vous gager un petit escu que ce ne sont pas des lapins? Mais non; il y auroit de la conscience, car je suis sûr de mon fait.

GILLE.

Je ne possède que vingt-quatre sols, que mon maistre me doit. Mais, parbleu! je gagerois bien le contraire à ce prix.

LAISSE-RIEN.

Eh bien! va, mon escu contre vos vingt-quatre sols!

GILLE.

Tope! Mais qui est-ce qui nous jugera?

LAISSE-RIEN.

Qui vous voudrez, pourvu que ce soit quelqu'un qui ne nous connoisse ny l'un ny l'autre.

GILLE.

Cela est juste. (*Aparté.*) Oh! le benest!... Tenez,

j'aperçois un homme en robe qui vient de ce costé.
Priez-le de décider nostre différend.

LAISSE-RIEN.

Je le veux bien. Mais n'est-il pas de vostre con-
noissance ?

GILLE.

Je vous jure que non.

LAISSE-RIEN.

Cela estant, je vais le prier d'estre nostre juge.

GILLE.

L'escu passera bientost dans ma poche ; car seurement ce sont deux lapins de garenne que je tiens
là.

SCENE IV

LAISSE-RIEN, GILLE, PRENS-TOUT, *déguisé
en robe.*

LAISSE-RIEN.

Monsieur, ayez la bonté de vouloir bien...

PRENS-TOUT, *marchant gravement comme un homme
qui compose ou qui étudie.*

Le Ciel t'assiste, mon amy.

LAISSE-RIEN.

Je ne vous demande pas l'aumosne, Monsieur.

GILLE.

Monsieur, c'est que cet homme et moy nous sommes en dispute.

PRENS-TOUT.

Eh ! passe ton chemin et laisse-nous en repos.

GILLE.

Ce monsieur robin est bien difficile à aborder.

LAISSE-RIEN.

Il faut qu'il ait quelque chose dans la teste. C'est peut-estre un avocat.

PRENS-TOUT, *déclamant avec emphase et tenant un papier à la main.*

« Ouy, Messieurs, ce n'est pas sans confusion que je me suis vu élevé, par vos suffrages, à la place d'échevin de cette ville. Je ne pouvois pas y préten-dre par ma naissance. Elle devoit seurement m'en exclure. » Peste soit de l'animal qui a composé cette harangue ! De quoy s'avise-t-il d'aller parler de mon père ? Oh ! je luy laveray la teste comme il faut. C'est un sot, ou j'ay l'esprit bouché...

GILLE.

Monsieur, si l'on osoit vous interrompre pour un moment.

PRENS-TOUT.

Pourquoy faire, mon amy ?

GILLE.

Pour vous prier d'estre juge entre cet homme et moy.

PRENS-TOUT.

Cela regarde-t-il l'échevinage ?

GILLE.

Je ne sçais pas ce que c'est que le vinage.

PRENS-TOUT.

Va l'apprendre, beste que tu es, et me laisse estudier ma harangue.

LAISSE-RIEN, *à Gille*.

C'est qu'il estudie apparemment quelque discours...
Il faut luy faire accroire que nostre contestation regarde l'eschevinage. (*A Prens-Tout.*) Mon camarade ne sçait pas ce qu'il dit, Monsieur. C'est un fait qui regarde la police de la ville.

PRENS-TOUT.

Cela estant, je vous escoute.

LAISSE-RIEN.

Monseigneur... je crois vous reconnoistre pour vous avoir vu hier dans vostre boutique...

PRENS-TOUT.

Ouf! Passez les qualités, mon amy, au fait!

LAISSE-RIEN.

Voicy de quoy il s'agit : Le maistre de ce garçon l'a chargé de porter à un des huissiers de la ville (*à Gille :* Il ne faut pas luy dire que c'est au procureur de vostre barbon) un présent honneste; mais je ne luy ay pas conseillé de le faire.

PRENS-TOUT.

Et pourquoy voulez-vous sevrer ce pauvre diable d'huissier de la galanterie qu'on veut luy faire?

LAISSE-RIEN.

Pourquoy? Vous n'avez qu'à jeter la vue sur la nature du présent...

PRENS-TOUT.

Il est vray que la raillerie est un peu trop forte. On ne se moque pas ainsy d'un membre de la ville;

et son maistre et luy mériteroient 'qu'on les envoyâ pour quinze jours à la Charbonnière.

GILLE.

Et pour quelle raison, s'il vous plaist ?

PRENS-TOUT.

Parce que c'est insulter un honneste homme que de luy envoyer des chats en présent.

GILLE.

Des chats?

LAISSE-RIEN.

Vous voyez que je ne luy fais pas dire.

PRENS-TOUT.

Qu'est-ce que cela signifie ?

LAISSE-RIEN.

C'est, Monsieur, qu'il y a un quart d'heure que ce garçon-là me veut soutenir que ce sont des lapins.

PRENS-TOUT.

Ce n'est pas possible.

LAISSE-RIEN.

Je vous dis la vérité pure, Monsieur ; j'ay eu beau luy dire que c'estoient des chats, il n'en a voulu rien croire.

PRENS-TOUT.

Mais il faut estre aveugle pour ne pas voir ce que c'est.

LAISSE-RIEN.

Il a fait plus, il a voulu parier vingt-quatre sols que son maistre luy doit contre moy un escu.

PRENS-TOUT.

Il a seurement perdu la gageure. Mais il ne convient pas que vous preniez les vingt-quatre sols. Ne voyez-vous pas bien que c'est un imbécile?

GILLE.

Comment, Monsieur, ce sont là des chats?

PRENS-TOUT.

On n'en peut douter. Mais retirez-vous, vous estes jugés.

GILLE.

Des chats!

PRENS-TOUT.

Ouy, des chats. Je me connois un peu en peaucerie. Mon père en vendoit.

GILLE.

Ce ne sont pas des lapins?

PRENS-TOUT.

Non vraiment, et si vous les portiez à l'un de nos huissiers, il vous feroit donner cent coups de bâton. Adieu, mon amy.

LAISSE-RIEN.

Sçavez-vous ce que je pense de cecy? Vostre maistre veut se réjouir à vos dépens et vous faire payer vostre béjaune. C'est un tour de carnaval. Il veut vous faire berner par les clercs de vostre procureur. Allez, mon garçon, allez luy porter vostre accolade de chats.

GILLE.

Ouy-da!... Du diable si j'en suis la dupe! Je ne suis pas assez sot pour exécuter cette commission.

Prenne ces chats qui voudra. C'est pour l'escorcheur.

LAISSE-RIEN.

Si je les ramasse, ce n'est que pour en avoir la peau.

GILLE.

Oh! faites-en ce qu'il vous plaira. Pour moy, je ne veux pas estre berné.

LAISSE-RIEN.

Serviteur! (*Aparté.*) Allons rejoindre Prens-Tout et manger ensemble nos lapins.

SCÈNE V

GILLE, CASSANDRE.

CASSANDRE.

Sans doute que Gille aura porté mes lapins chez mon procureur.

GILLE.

Ah! que je ne suis pas si beste!

CASSANDRE.

Qu'est-ce à dire?

GILLE.

Oh! le gros fin! Pour estre berné par ses clercs!

CASSANDRE.

Je ne t'entends pas.

GILLE.

Eh! ouy, ouy ! J'iray luy porter un chat au lieu d'un lapin, afin qu'il me fasse étriller !...

CASSANDRE.

Cecy est pour moy du haut allemand.

GILLE.

Qu'est-ce que vous m'avez donné à porter à vostre procureur ?

CASSANDRE.

Deux lapins de ma garenne.

GILLE.

Ah! ouy. Deux lapins. Fiez-vous-y ! J'estois dans la bonne foy, moy. Vous me dites : Gille, porte ces lapins à mon procureur. J'y vais.

CASSANDRE.

Il les a donc reçus.

GILLE.

Doucement! J'allois sottement exécuter vos ordres...

CASSANDRE.

Sottement? Et qui est-ce qui t'en a empesché?

GILLE.

Un galant homme que j'ay heureusement rencontré et qui fait commerce de peaux de connins.

CASSANDRE.

Mais pourquoy t'en a-t-il empesché?

GILLE.

Il les repasse, ces peaux de connins. Ensuite il les vend aux fou... aux fou...

CASSANDRE.

Aux fourreurs.

GILLE.

Ouy, justement, à ces gens-là.

CASSANDRE.

Mais viens donc au fait!

GILLE.

M'y voicy. Il m'a demandé si je voulois luy vendre la peau de mes deux chats.

CASSANDRE.

Quels chats?

GILLE.

Eh! parbleu, de vos prétendus **lapins de garenne**.

CASSANDRE.

Mais tu extravagues.

GILLE.

Attendez, vous n'y estes pas. Ecoutez jusqu'au bout. Je me suis fasché d'abord. Je luy ay soustenu que c'estoient des lapins; il s'est moqué de moy. Enfin nous avons parié, luy que c'estoient des chats, moy, des lapins, et nous avons pris pour juge le premier passant. Il s'est heureusement trouvé que c'estoit un échevin.

CASSANDRE.

Ah! je respire. Si véritablement c'estoit un échevin, je suis certain que tu as gagné la gageure. Et en quoy consistoit-elle?

GILLE.

Dans les vingt-quatre sols que vous me devez.

CASSANDRE.

Vous n'avez donc pas mis au jeu?

GILLE.

Non, pas moy; mais luy, il a mis un escu qu'il avoit dans sa poche.

CASSANDRE.

Et qui a esté le dépositaire de cet escu ?

GILLE.

Je vous dis que c'est sa poche.

CASSANDRE.

Tout cecy me paroist embrouillé. Enfin, l'échevin a donc jugé en ta faveur.

GILLE.

C'est ce qui vous trompe, j'ay perdu la gageure.

CASSANDRE.

Comment ?

GILLE.

Il a décidé gravement que c'estoient deux chats, et m'a dit que c'estoit sans doute une plaisanterie de vostre part pour me faire berner par les clercs de vostre procureur.

CASSANDRE.

Quel conte ! Cela n'est pas possible.

GILLE.

C'est très vray, Monsieur.

CASSANDRE.

Enfin, qu'as-tu fait de mes deux lapins de garenne ?

GILLE.

Dites donc de vos deux chats.

CASSANDRE.

Comment, des chats ?

GILLE.

Ouy, Monsieur, cela est jugé.

CASSANDRE.

Par qui jugé?

GILLE.

Par cet échevin.

CASSANDRE.

Quelle patience il faut avoir avec ce butor! Eh bien! qu'as-tu fait de ces chats?

GILLE.

Ah! vous en convenez donc!

CASSANDRE.

Nullement, mais c'est pour avoir de toy une réponse positive.

GILLE.

Parguenne, que vouliez-vous que j'en fisse? Je les ay jetés au nez de celuy contre qui j'avois gagé. Il les a ramassés seulement à cause de la peau; mais quoiqu'il eût gagné la gageure, il a eu la politesse de ne pas me demander ma pièce de vingt-quatre sols.

CASSANDRE.

Oh! beste que tu es! on ne m'a pas trompé sur ton compte. Ne te voilà t'il pas encore la dupe de deux fripons qui t'ont sans doute escamoté mes lapins!

GILLE.

Ah! Monsieur, ce sont d'honnestes gens et qui ne se connoissoient seurement pas.

CASSANDRE.

Je te soutiens, moy, que c'estoient deux fourbes ensemble.

GILLE.

Non, Monsieur ; parguenne, je m'en serois bien
aperçu. Je suis plus fin que vous ne pensez.

CASSANDRE.

Va, mon pauvre garçon, tu ne seras jamais qu'un
sot. Je suis bien heureux d'en estre quitte pour si
peu de chose. Ce n'est pas une très grande perte que
deux lapins, et je me sçais très bon gré de ne t'avoir
pas donné à porter à Mlle Isabelle, ma maîtresse, un
panier de gibier dans lequel il y a deux faisans et
quatre bécasses.

GILLE.

Ah! parguenne, Monsieur nostre maistre, ne me
faites pas l'affront d'en charger un autre. On ne dira
pas que ce sont des chats. Au pis aller, s'il
m'arrive quelque accident au sujet de ce panier,
vous en rabattrez le prix sur mes gages.

CASSANDRE.

En ce cas, je veux bien encore hasarder d'avoir
cette confiance en toy. Mais prens bien garde à te
laisser encore duper.

GILLE.

Cela n'arrivera pas, sur ma parole. Les affaires
font les hommes, et j'auray toute l'attention possible
pour que vostre commission soit bien faite.

CASSANDRE.

Viens donc prendre ce panier avec une lettre que
je vais écrire à Mlle Isabelle.

SCÈNE VI

PRENS-TOUT, LAISSE-RIEN.

PRENS-TOUT.

Oh ! parbleu, monsieur Cassandre, puisque vous estes assez bon pour confier encore à Gille vostre panier de gibier, Mlle Isabelle n'en croquera que d'une dent.

LAISSE-RIEN.

Camarade, il faut icy user d'adresse. Gille est sur ses gardes.

PRENS-TOUT.

Malgré cela, il sera bien fin s'il nous échappe. Il faut le prendre du costé de l'intérest.

LAISSE-RIEN.

C'est bien dit. Tu feras, pour cet effet, le comte de Regniababo.

PRENS-TOUT.

Parbleu ! mon rosle ne sera pas bien difficile ! Je n'ay pas le mot à dire.

LAISSE-RIEN.

Cela est vray, mais il faut pourtant s'en tirer avec adresse. Je crois entendre Gille. Mets-toy viste tout de ton long sur ce banc.

PRENS-TOUT.

M'y voilà.

SCÈNE VII

PRENS-TOUT, LAISSE-RIEN, GILLE.

[LE MORT SUR LE BANC OU LE COMTE DE REGNIABABO.]

GILLE, *parlant à la cantonade.*

Je vous dis, Monsieur, que vous n'ayez aucune inquiétude. Vostre panier sera rendu. Parguenne ! seroit-il possible que ces deux hommes de tantost fussent des filous ? Ils n'en avoient pas la mine.

LAISSE-RIEN.

Oh ! malheur des malheurs ! accident des accidents ! Ah ! mon pauvre maistre ! Quoy ! je n'auray pas la satisfaction de vous conduire convenablement dans vos terres !

GILLE.

Voilà un homme qui me paroist bien affligé !

LAISSE-RIEN.

Est-il possible que je ne trouveray personne qui veuille me rendre service en cette occasion ? Je le payerois volontiers sur le pied d'une pistole par heure.

GILLE.

Une pistole par heure ! Ma foy, cela est bon à gagner. Voyons un peu de quoy il s'agit. Monsieur, dites-moy un peu pourquoy vous estes si triste.

LAISSE-RIEN.

Ah ! Monsieur, c'est que je suis dans une grande affliction.

GILLE.

Je le vois bien ; mais pourquoy ?

LAISSE-RIEN.

Par la mort de mon bon maistre, M. le comte de Regniababo.

GILLE.

Je conçois cela, mais vous parliez de donner une pistole par heure ! Pourquoy faire, s'il vous plaist ?

LAISSE-RIEN.

Mon amy, il faut que tu saches que mon maistre est mort à l'armée d'un boulet de canon qui luy est entré dans l'œil.

GILLE.

Dans l'œil ? houlas !

LAISSE-RIEN.

Comme il avoit un pressentiment que la campagne luy seroit funeste, il a fait son testament. Il a ordonné qu'après sa mort on le transporteroit à sa terre de Regniababo. Il m'a chargé de ce soin et me donne mille escus pour ma peine.

GILLE.

Mille escus ? Morguenne, je ne vois pas là dequoy vous désespérer.

LAISSE-RIEN.

Ah ! que vous estes vif ! Ecoutez jusqu'au bout. Il est vray qu'il me donne mille escus, mais à condition que, dans trois jours, je le feray conduire à sa terre sans accident et aussy entier qu'il se trouvera estre au moment de sa mort ; et le chariot qui le portoit vient de verser à quatre pas d'icy.

GILLE.

Eh bien! il faut le raccommoder. Cela est-il difficile?

LAISSE-RIEN.

C'est aussy ce que l'on fait. Mais, pendant ce temps, qui sera au moins de trois ou quatre heures, il faut empescher que les mouches ne mangent mon cher maistre.

GILLE.

Cela est plaisant! Et qu'est-ce que ça veut dire?

LAISSE-RIEN.

C'est qu'en arrivant à son chasteau, si on luy trouve seulement une piqûre de mouche, voilà mes mille escus perdus.

GILLE.

Diable! ça change la thèse et me paroît de conséquence pour vous. Mais quel remède y voyez-vous?

LAISSE-RIEN.

C'est de trouver quelqu'un qui chasse les mouches d'autour de mon maistre pendant que je seray occupé à faire raccommoder le chariot.

GILLE.

Et vous donnerez une pistole par heure?

LAISSE-RIEN.

Cela s'entend. Vous voyez bien que j'y gagneray encore.

GILLE.

Eh bien! j'ay trouvé vostre homme.

LAISSE-RIEN.

Sérieusement?

GILLE.

Ouy, c'est moy-mesme.

LAISSE-RIEN.

Ah! mon amy, vous me ravissez d'aise. Tenez, mettez-vous là !

GILLE.

Volontiers; mais écoutez, camarade. Quand je seray tout seul avec le mort, si je viens à avoir peur?

LAISSE-RIEN.

Eh! fi donc! vous estes grand comme père et mère. Sçavez-vous ce que vous ferez pour vous dissiper? Vous n'aurez qu'à chanter.

GILLE.

Vous avez raison.

LAISSE-RIEN.

Après tout, je ne seray qu'au tournant de la rue, chez le charron. Si la frayeur vous prenoit, vous n'avez qu'à m'appeler.

GILLE.

Et vostre nom, s'il vous plaist?

LAISSE-RIEN.

Abracadabra.

GILLE.

Abracadabra? Voilà un drosle de nom. Mais avec quoy chasseray-je les mouches?

LAISSE-RIEN.

Avec ce mouchoir.

GILLE.

Fort bien! Vous n'avez maintenant qu'à aller à vos affaires. Ma foy, je ne suis pas trop rassuré... Abracadabra, Abracadabra!

LAISSE-RIEN.

Qu'est-ce qu'il y a?

GILLE.

J'ay jeté un coup d'œil sur vostre marquis de Regniababo. Ne m'avez-vous pas dit qu'il a esté tué d'un coup de boulet de canon dans l'œil ?

LAISSE-RIEN.

Ouy, mon amy.

GILLE.

Et il a encore ses deux yeux?

LAISSE-RIEN.

Cela est vray. Le boulet ne luy a emporté que la prunelle de l'œil gauche et est sorty par l'oreille droite. Adieu.

GILLE.

Houlas! Abracadabra! Le mort vient de me faire une grimace épouvantable.

LAISSE-RIEN.

Tu te trompes, mon amy. C'est que, lorsque ce boulet de canon luy passa à travers l'œil, cela luy a causé une contraction de nerfs qui luy a dérangé la physionomie.

GILLE.

Oh! je ne sçavois pas. Et cette contradiction de nerfs luy fait faire une si laide grimace?

LAISSE-RIEN.

Ouy vraiment.

GILLE.

Cela suffit. Tu peux t'en aller. (*Laisse-Rien sort.*)
Pour ne pas m'effrayer, je vais me placer du costé
des pieds.

(*Le filou fait la pirouette sur le banc.*)

GILLE, *effrayé.*

Abracadabra ! Abracadabra !

LAISSE-RIEN.

Que me veux-tu donc ?

GILLE.

Tiens, regarde !

LAISSE-RIEN.

Je ne vois rien.

GILLE.

Tu ne vois pas ce qui est arrivé ?

LAISSE-RIEN.

Non vraiment.

GILLE.

Il n'y a qu'un moment qu'il avoit les pieds là.
A présent il les a à la teste.

LAISSE-RIEN.

Erreur, mon amy. Il a toujours esté placé de cette
manière.

GILLE.

C'est donc la peur qui me fait voir double.

LAISSE-RIEN.

Cela se peut. Allons, rassure-toy !

GILLE.

Pour le coup, je vais changer de place. (*Le filou
fait la pirouette.*) Miséricorde ! je ne sçais ce que je

fais. Je me mets encore du costé de la teste. Songeons à mon panier de gibier, c'est essentiel. (*Le filou lève un bras en l'air.*) Eh! eh! Abracadabra!

LAISSE-RIEN.

A qui diable en as-tu donc?

GILLE.

Tiens! tiens, regarde sa main en l'air. Il m'a donné un coup de poing de toute sa force.

LAISSE-RIEN.

La chose n'est pas impossible et ne doit pas te surprendre. Le boulet de canon l'ayant frappé droit dans la visière, il y porta d'abord la main, et la contraction des nerfs...

GILLE.

Oh! je n'ay rien à dire à cela.

LAISSE-RIEN.

Et nous avons eu toute la peine du monde à luy remettre la main dans une position conforme à son estat. Vois plutost.

(*Il luy abaisse la main qui se relève.*)

GILLE.

Parguenne! voilà qui est bien singulier. Voyons un peu si j'en viendrois à bout.

(*Il luy rabaisse la main, et le filou, en la relevant, luy donne un soufflet.*)

LAISSE-RIEN.

T'en voilà bien convaincu à présent.

GILLE.

Tu as raison.

LAISSE-RIEN.

La main s'abaissera tout doucement. Tiens, vois-tu, la voilà à sa place. Or çà, tu me laisseras peut-estre à présent en repos ?

GILLE.

Ah ! ouy. Tu n'as qu'à aller chez le charron. Eh ! eh ! Abracadabra !

LAISSE-RIEN.

Mais ça ne finira point !

GILLE.

Dame ! C'est bien autre chose que le bras. Il m'a sanglé deux coups de pied dans le dos.

LAISSE-RIEN.

Eh bien ! cela t'estonne ?

GILLE.

Comment, cela m'estonne ? C'est la contradiction des nerfs, n'est-ce pas ?

LAISSE-RIEN.

Sans doute. Cela part du mesme principe. Lorsqu'il fut atteint par le boulet de canon, il en fut renversé cul par-dessus teste et tomba les jambes en haut, comme tu le vois actuellement, et par la mesme raison naturelle, c'est-à-dire par la contraction des nerfs, nous aurons bien de la peine à le redresser; mais j'espère en venir à bout avec ton secours. Tire les jambes à toy.

GILLE *s'appuie sur les jambes du filou qui se trouve sur son séant et lui fait une grimace horrible.*

A moy ! à moy !

LAISSE-RIEN.

Qu'as-tu donc? Ne suis-je pas avec toy?

GILLE.

Ne vois-tu pas le mort qui m'embrasse avec des yeux de fureur?

LAISSE-RIEN.

Je n'ay rien vu. Mais c'est le roidissement des· nerfs qui fait cette opération. (*Après quelques lazzis ils le recouchent.*) Si tu me retiens toujours, je ne pourray jamais faire raccommoder mon chariot.

GILLE.

Voilà qui est fini. Tu peux partir... Tiens! tiens! Le voilà dans une autre posture!

LAISSE-RIEN.

C'est que tu l'avois mal placé.

(*Pendant qu'il le replace, le mort fait un pet.*)

GILLE.

L'entends-tu? Est-ce que je rêve? Là! Comment appelles-tu cela?

LAISSE-RIEN.

Eh! mais... cela s'appelle... cela s'appelle faire un pet à la mort.

GILLE.

Il pue comme une charogne!

LAISSE-RIEN.

Effectivement : ça ne sent pas bon. Tiens, prens une prise de tabac.

GILLE.

Volontiers. Va-t'en, va! Je ne t'appelleray plus.

Ma foy, pour chasser la peur, j'ay envie de chanter.
La, la, la, la! etc.

(*Le mort se lève, danse et se recouche.*)

Abracadabra! Abracadabra!... Au secours!

LAISSE-RIEN.

Tu piailleras donc toujours?

GILLE, *tout tremblant*.

Voilà bien une autre paire de manches. Je chantois
pour me désennuyer.

LAISSE-RIEN.

Eh bien?

GILLE.

Eh bien! ne voilà t'il pas mon diable de mort qui
s'est mis à danser!

LAISSE-RIEN.

A danser?

GILLE.

Ouy! à danser! Dame, je l'ay vu. Ce ne sont pas
des contes.

LAISSE-RIEN.

Tu te moques de moy. Il est vray pourtant que,
comme Provençal, de son vivant il aimoit passionnément la danse et que, sitôt qu'il entendoit ou
chanter ou jouer des instrumens, il ne pouvoit s'empescher de danser. Il faut, si tu dis vray, que ce
soient les esprits animaux qui jouent leur rosle.

GILLE.

Qu'appelles-tu esprits animaux?

LAISSE-RIEN.

Esprits animaux, c'est-à-dire esprits vitaux.

GILLE.

Esprits vitaux! J'entends cela. Et dans une femme, comment appelle t'on ces esprits-là?

LAISSE-RIEN.

Oh! que diable, avec tes questions impertinentes, tu m'occuperas tout le reste de la journée. Fais ton ouvrage et laisse-moy aller à mes affaires.

(*Il sort.*)

GILLE.

Parguenne! Ce drosle-là, avec ses esprits vitaux, de quoy diable s'avise-t-il de danser! Je vais bien l'attraper. Je vais chanter une chanson si triste qu'il n'en aura pas d'envie.

Monsieur Lapalice est mort,
Il est mort de maladie.
Hélas! s'il n'estoit pas mort,
Il seroit encore en vie.

(*Le mort se relève, grince des dents, rosse Gille et se recouche.*)

Abracadabra! Abracadabra!

LAISSE-RIEN.

A qui donc en as-tu? Tu cries comme un enragé.

GILLE, *très tremblant.*

Ah! parguenne, on crieroit à moins. J'avois chanté, il n'y a qu'un moment, sur un air gay, il s'est mis à danser. J'ay dit en moy-mesme: « Je l'attraperay bien; je vais chanter sur un ton si lugubre qu'il ne branslera pas de sa place. » A peine ay-je eu achevé ma chanson qu'il s'est levé, a grincé des dents horriblement et m'a rossé à tour de bras.

LAISSE-RIEN.

Parbleu ! mon amy, tu joües de malheur ! Il n'y a qu'une seule chanson capable de mettre les esprits animaux dans une pareille agitation. Il l'avoit en horreur ; apparemment que tu l'auras chantée.

GILLE.

Et quelle est-elle ?

LAISSE-RIEN.

La voicy :

Monsieur Lapalice est mort...

GILLE.

Justement, c'est elle-mesme que j'ay chantée. Parguenne, camarade, voyons en ta présence si elle fera sur luy le mesme effet.

LAISSE-RIEN.

Volontiers.

(*Ils chantent ensemble :* « Monsieur Lapalice est mort... » *Le filou se relève, fait des grimaces épouvantables et rosse Laisse-Rien et Gille, qu'il culbute par terre. Gille laisse tomber son panier. Le filou le ramasse et s'enfuit avec.*)

LAISSE-RIEN.

Ah ! misérable ! avec ta maudite chanson, je suis moulu de coups. Je ne sçais à quoy il tient que je ne t'assomme !... Mais, ciel ! Voilà M. le comte de Regniababo party et mes mille escus au diable.

(*Il rosse Gille et s'en va.*)

GILLE.

A moy! à moy! Ah! je n'en puis plus. Voilà bien
le diable. Le mort s'est sauvé, l'autre court après.
Il ne l'attrapera jamais, et ma pistole est bien aven-
turée. Mais où est donc mon panier! Abracadabra!...
Mon panier! Abracadabra! Ah! malheureux que je
suis! M. de Regniababo l'aura emporté. Au voleur! au secours!

SCÈNE VIII

CASSANDRE, GILLE.

CASSANDRE.

Qu'est-ce donc que j'entends? Pourquoy tout ce
bruit?

GILLE.

Ah! parguenne, nostre maistre, voilà une drosle
d'aventure.

CASSANDRE.

Qu'est-ce que c'est?

GILLE.

Vous ne vous imagineriez jamais.

CASSANDRE.

De quoy s'agit-il?

GILLE.

Vous m'aviez donné un panier de gibier pour
porter à Mlle Isabelle.

CASSANDRE.

Eh bien? l'a-t'elle receu?

GILLE.

Vous allez trop viste.

CASSANDRE.

Elle l'a refusé?

GILLE.

Non, Monsieur.

CASSANDRE.

Et pourquoy donc n'est-il pas entre ses mains ?

GILLE.

C'est que je ne luy ay pas porté.

CASSANDRE.

Et la raison?

GILLE.

La voicy. C'est qu'il s'agissoit d'une petite fortune pour moy.

CASSANDRE.

D'une petite fortune?

GILLE.

Ouy, Monsieur; d'une pistole par heure.

CASSANDRE.

D'une pistole par heure?

GILLE.

Ouy, Monsieur; et le diable vient d'emporter le
mort avec le panier de gibier.

CASSANDRE.

Quel galimatias me fais-tu du mort, du diable et
du panier?

GILLE.

C'est pourtant bien clair! Le mort s'appeloit le

comte de Regniababo. Il a esté tué à l'armée d'un boulet de canon qui luy est entré dans l'œil et qui luy est sorti par l'oreille.

CASSANDRE.

Quelle extravagance!

GILLE.

Je vous dis qu'on le reportoit à sa terre; le chariot a rompu pendant qu'on le raccommodoit. Il falloit quelqu'un qui chassât les mouches d'autour de luy. On m'a offert une pistole par heure pour cela; une pistole est bonne à gagner. Je l'émouchois de toutes mes forces quand, après plusieurs coups de poing, de pied, de bâton, que le mort m'a donnés, il a disparu avec le panier de gibier.

CASSANDRE.

Des coups de bâton que le mort t'a donnés? Ah! misérable! je vois bien que ce sont encore des filous qui t'ont volé mon panier de gibier.

GILLE.

Ma foy, Monsieur, ce n'est pas ma faute; je ne pouvois pas me méfier d'un mort. Parguenne, il faut que le monde soit bien méchant. Mais écoutez, Monsieur, je crois avoir vu celuy qui m'avoit donné le mort à garder entrer dans la porte à costé de la fruitière d'icy près. Je m'en vas luy redemander mon panier; vous verrez que ce n'est qu'une plaisanterie qu'on m'aura voulu faire. Tenez-vous seulement à quatre pas d'icy.

CASSANDRE.

Il faut avoir bien de la patience.

SCÈNE IX

GILLE, PRENS-TOUT, LAISSE-RIEN,
LE MAISTRE.

GILLE.

Toc, toc, toc.

PRENS-TOUT *déguisé et parlant du nez.*

Que voulez-vous, Monsieur?

GILLE.

Je vous demande mon panier, Monsieur ?

PRENS-TOUT.

Ton... ton... ton panier ?

GILLE.

Eh! ouy, mon panier que vous m'avez pris pour
rire.

PRENS-TOUT.

Ton panier? N'y a point de panier, n'y a point
de panier, n'y a point de panier !

GILLE *appelle son maistre et luy dit :*

Monsieur, j'ay heurté à la porte; j'ay demandé
mon panier.

LE MAISTRE.

Eh bien ?

GILLE, *parlant du nez.*

On m'a répondu : « N'y a point de panier, n'y a
point de panier, n'y a point de panier. » Mais je ne

me tiens pas bien battu; j'y 'veux retourner. Eloignez-vous seulement.

(*Le mesme lazzi se répète. Prens-Tout se présente à la porte, déguisé en suisse et boitant. Il luy dit : « N'y a point de panier ! » Gille, en racontant à son maistre ce qui vient de se passer, contrefait le suisse. Il retourne à la porte. Laisse-Rien se présente en Gascon et luy dit : « N'y a point de panier ! » Gille répète ce lazzi à son maistre.*)

CASSANDRE.

Ah ! mon pauvre garçon, je vois bien que tu n'es qu'une beste, et comme il n'est pas possible de se servir de toy, tu peux prendre ton party et chercher un autre maistre. Je mériterois d'estre volé à chaque instant si je gardois un valet aussy sot.

GILLE.

Comment, Monsieur, vous me donnez effectivement mon congé?

CASSANDRE.

Sans doute, mon amy. Tu peux chercher une autre condition ou te pourvoir d'un maistre plus patient que moy; mais un autre t'auroit assommé du coup !

(*Il rentre.*)

SCÈNE. X

GILLE, UN MAISTRE BARBIER.

[*GILLE BARBIER.*]

GILLE.

Parguenne! je suis bien chanceux! Voilà qui est finy; je ne veux plus estre valet. J'ay entendu dire que nostre voisin, le barbier, avoit besoin d'un garçon; je vais me présenter chez luy. Holà! Est-ce qu'il n'y a personne icy?

LE BARBIER.

Qu'y a-t'il?

GILLE.

Monsieur, on m'a dit que vous cherchiez un bon garçon pour estre à vostre boutique.

LE BARBIER.

C'est vray. Vous avez sans doute quelque commencement?

GILLE.

Oh! que ouy, Monsieur.

LE BARBIER.

Vous sçavez apparemment tresser?

GILLE.

Oh! que ouy, Monsieur. Je ferois tout Paris en une heure.

LE BARBIER.

Je ne vous dis pas tracer; je vous dis tresser des cheveux pour faire une perruque.

GILLE.

Oh ! non, Monsieur.

LE BARBIER.

Vous sçavez accommoder les cheveux ?

GILLE.

Nullement.

LE BARBIER.

Mais vous sçavez raser?

GILLE.

Oh ! que non, Monsieur.

LE BARBIER.

Mais que diable sçavez-vous donc faire ?

GILLE.

Je sçais faire chauffer de l'eau pour faire la barbe.

LE BARBIER.

Malepeste ! vous estes bien avancé.

GILLE.

Je sçais encore faire mousser les savonnettes et ébrécher les rasoirs.

LE BARBIER.

Oh ! oh ! c'est quelque chose cela !

GILLE.

Mais, pour faire le poil, je ne l'ay jamais essayé que sur un barbet. Encore étoit-ce avec des ciseaux.

LE BARBIER.

Cela suffit... (*Aparté.*) Il faut que je me réjouisse un peu aux dépens de ce benest-là... (*Haut.*) Eh bien ! mon amy, malgré ton peu de capacité, comme tu me parois de bonne volonté, je te retiens à mon service et je veux, avant un mois, que tu soyes un

des plus habiles de nostre profession. Mais je mets
quelques conditions dans nostre marché.

GILLE.

Qu'est-ce que c'est que des conditions? Cela est-il
difficile à exécuter?

LE BARBIER.

Non! Primo, tu ne mangeras de la soupe que
deux fois par jour.

GILLE.

Oh! oh! j'en seray fort content.

LE BARBIER.

Secundo, tu ne boiras pas plus de deux pintes de
vin à chaque repas et tu n'auras que vingt-cinq
livres de pain par semaine.

GILLE.

Je m'accommoderay assez de tout cela. Diantre!
voilà une bonne condition. Et de la viande?

LE BARBIER.

Oh! tu en auras à discrétion. Il y a quelque chose
de plus : c'est que le premier jour qu'un garçon
entre chez moy, j'ay coutume de luy donner un
repas exquis et, pour commencer avec toy, je pre-
tends que tu fasses très grande chère tout à l'heure.
Holà! que l'on apporte cette table!

GILLE.

Pardy, je l'apporteray bien moy mesme.

(*Ils s'asseyent.*)

[*LE REPAS IMAGINAIRE.*]

LE BARBIER.

Aimes-tu la soupe aux choux?

GILLE.

Beaucoup.

LE BARBIER.

Allons, mettons-nous à table. Que l'on serve la soupe. Tiens! mange-moy une bonne assiettée de ces choux de Milan.

GILLE, *aparté*.

Ma foy, je vois bien la table et les assiettes, mais je ne vois rien dessus.

LE BARBIER.

Prens garde de te brusler. Eh bien! comment les trouves-tu, ces choux?

GILLE.

Délicieux!

LE BARBIER.

J'ay pensé me dépouiller le palais.

GILLE, *aparté*.

Je n'y comprens rien. C'est une plaisanterie! il faut nous y prester.

LE BARBIER.

Ne mangeons point de bouilly. Nous avons quelque chose de meilleur.

GILLE.

Comme il vous plaira.

LE BARBIER.

Passons aux entrées. Goûte de cette fricassée de pieds de mouton.

GILLE.

Morguenne! qu'ils sont délicats! Le verjus de grain n'y est pas épargné.

LE BARBIER, *aparté.*

Ce drosle-là est bouffon. (*Haut.*) Mange-moy de ces fricandeaux.

GILLE.

Ils sont exquis. Mais si nous buvions un coup?

LE BARBIER, *faisant comme s'il débouchoit une bouteille.*

C'est bien pensé. Voilà du vin de Beaune.

GILLE.

Il est, ma foy, excellent.

LE BARBIER.

Allons! expédie-moy cette aisle de chapon!

GILLE.

Mais vous me faites trop manger.

LE BARBIER.

Bon! bon! Aimes-tu la salade?

GILLE.

Si je l'aime!

LE BARBIER.

Celle-cy est très bien assaisonnée.

GILLE.

A merveille.

LE BARBIER.

Allons! il faut encore manger cet estomac de perdrix et ces deux cuisses de bécasse.

GILLE.

Ah! Monsieur, j'auray bien de la peine à en venir à bout.

LE BARBIER.

Passons au champagne... Pouf!

GILLE.

Qu'est-ce que cela ?

LE BARBIER.

C'est le bouchon qui saute au plancher.

GILLE.

Diantre ! C'est donc de grand vin ?

LE BARBIER.

Vois, comme il mousse !

GILLE.

La peste ! Il gratte le gozier.

LE BARBIER.

Encore un coup.

GILLE.

Très volontiers.

LE BARBIER.

Ces pieds à la Sainte-Menehould ?

GILLE.

Ils sont bons, mais il faudroit un peu de moutarde.

LE BARBIER.

Eh ! en voilà ! Que ne parles-tu ?

GILLE.

Le diable m'emporte si je la voyois.

LE BARBIER.

Allons en Champagne! Une rasade à ta santé !

GILLE.

Tope ! A la vostre !

LE BARBIER.

A tes plaisirs !

GILLE.

Aux vostres !

LE BARBIER.

A qui boirons-nous, à présent?

GILLE.

Ah! Mais, Monsieur, laissez-moy respirer. Vous
me griserez et je vous avertis que j'ay le vin mauvais.
(*Bas.*) Rira bien qui rira le dernier.

LE BARBIER.

Un doigt de vin de Muscat?

GILLE.

Je ne puis plus boire.

LE BARBIER.

Allons! allons! du courage!

GILLE.

Tout coup vaille! Versez donc plein mon verre.

LE BARBIER.

Comme vous le sablez!

GILLE.

Je bois toujours ainsy le vin muscat.

LE BARBIER.

Eh bien! que dites-vous de celuy-là?

GILLE.

Je n'ay pas eu le temps de le gouster.

>   Encore un coup pour
>   Boire à son toureloure,
>   Boire à son tirelire lire
>   Boire à son tour.

LE BARBIER.

Ah! vous avez le vin gay.

GILLE, *faisant l'yvrogne.*

Je vous l'avois bien dit... heu !... Voilà ce que c'est !

LE BARBIER.

Il est, ma foy, très bouffon !

GILLE, *lui donnant un coup de poing.*

Bouffon toy-mesme. Je te trouve bien plaisant de m'insulter sur le pavé du roy ! passe ton chemin. Sçais-tu bien à qui tu parles... heu ?

LE BARBIER.

Non vraiment.

GILLE.

Eh bien ! apprends que je suis un homme d'esprit, heu !.... qui ay eu l'honneur, heu !... d'estre refusé à l'Académie, quoique j'aye plus usé de papier à torcher mon cul que tu n'en as employé toute ta vie à écrire.

LE BARBIER, *riant.*

Oh ! Monsieur, je le crois bien.

GILLE.

Et tu es un insolent drès-là de me parler comme tu fais... heu !

LE BARBIER.

Je vous demande excuse.

GILLE.

A la bonne heure. Porte-moy donc le respect qui m'est dû !

LE BARBIER.

Ah ! volontiers.

GILLE.

Tu es un yvrogne! Je suis sobre, moy.

LE BARBIER.

Il y paroist. (*Aparté.*) Il joue bien son rosle.

GILLE, *chantant*.

Ma foy, quand j'ai bien bu, je croy
Que toute la terre est à moy...

LE BARBIER.

Tu chantes à merveille.

GILLE, *se laissant tomber sur luy*.

Je chante comme je puis! heu...

LE BARBIER.

Mais, l'amy, soutenez-vous donc.

GILLE.

Vive qui le pourroit! Pourquoy m'as-tu fait tant boire?... heu!

LE BARBIER.

Je suis la dupe de ce drosle-là. J'ai voulu rire à ses despens, et le coquin s'est moqué de moy.

GILLE.

Qu'appelles-tu coquin? Coquin toy-mesme.

(*Il prend une batte et le rosse.*)

LE BARBIER.

Oh! cela passe le jeu.

GILLE.

Eh bien! laisse-moi cuver mon vin.

LE BARBIER, *aparté*.

Il faut rire encore, sinon on se moqueroit de moy.

(*Haut.*) C'est bien dit; dors, mon amy. Je vais achepter de l'essence et de la poudre, et je reviens dans un quart d'heure.

SCÈNE XI

GILLE, UN PAYSAN.

GILLE.

Ah! ma foy, Monsieur le barbier, je vous ay eu le poil.

LE PAYSAN.

Y a-t-il là queuqu'un?

GILLE.

Me voilà. Que voulez-vous?

LE PAYSAN.

Est-ce icy qu'on rase proprement?

GILLE.

Ouy, mon amy.

LE PAYSAN.

Alors, despeschez-vous! Je n'ay pas le temps d'attendre, moy.

GILLE.

Vous êtes donc bien pressé?

LE PAYSAN.

Ouy vraiment. C'est que je me marie, et il faut que j'aille voir ma maîtresse dans le moment mesme.

GILLE.

Eh bien ! mon amy, mettez-vous là et tenez-vous bien droit.

(*Il s'éloigne, prend le couperet et accourt sur le paysan qui se renverse et tombe à terre.*)

LE PAYSAN.

Que diable voulez-vous donc faire ?

GILLE.

Ne dites-vous pas que vous estes pressé ?

LE PAYSAN.

Ouy.

GILLE.

Eh bien ! je veux vous couper la teste afin de vous faire la barbe tout à mon aise. Vous pourrez, pendant ce temps, aller chez vostre maîtresse.

LE PAYSAN.

Queu niais ! j'aime bien mieux estre ici un peu plus longtemps.

GILLE.

Asseyez-vous donc comme il faut. Tenez, voilà ce qui s'appelle du linge blanc.

(*Il luy fait la barbe avec un couperet, le savonne avec une pomme cuite, luy couvre le visage de farine et luy donne un gril pour miroir. Le bassin à barbe est une lichefrite. Après plusieurs lazzis pour repasser son rasoir, il allume une poignée de paille qu'il veut luy passer sous le menton.*)

LE PAYSAN, *criant.*

Que prétendez-vous donc faire avec vostre bouchon de paille ?

GILLE.

C'est pour brusler les poils follets.

LE PAYSAN.

Pardy! j'ay eu belle peur. J'ay cru que vous m'alliez griller comme un cochon.

GILLE.

On peut dire que voilà une barbe bien faite!

LE PAYSAN.

Combien vous faut-il?

GILLE.

Faut-il vous surfaire?

LE PAYSAN.

Non.

GILLE.

Mais je crois que cela vaut bien quinze francs.

LE PAYSAN.

Quinze francs!

GILLE.

Eh bien! mettez-en douze. Ce sera six francs pour le maistre et six francs pour le garçon.

LE PAYSAN.

Je pense que vous vous moquez de moy. Si je vous donnois la pièce tapée, je croirois vous avoir trop payé.

GILLE.

Monsieur le manant, je n'aime pas les plaisanteries.

LE PAYSAN.

Oh! puisque cela est sérieux, il faut vous payer.

(*Il rosse Gille.*)

13.

GILLE.

Au secours ! au secours !

SCÈNE XII

LE PAYSAN, GILLE, LE MAISTRE BARBIER.

LE BARBIER.

Qu'est-ce donc que tout ce tapage ?

GILLE.

Ah ! Monsieur nostre maistre... à moy !

LE PAYSAN.

C'est là le maistre.

GILLE.

Ouy, c'est luy.

LE PAYSAN.

Ah ! parguenne, il en aura donc sa part.

(*Il le rosse et se sauve.*)

LE BARBIER.

Ahi ! ahi ! ahi ! Qu'est-ce que cela signifie ?

GILLE.

Cela signifie que ce drosle-là nous a donné des coups de bâton.

LE BARBIER.

Ouy ; mais pourquoy les avoir donnés ?

GILLE.

Parce que je luy ay demandé douze francs pour luy avoir fait la barbe : sçavoir, six francs pour le maistre et autant pour moy.

LE BARBIER.

Peste soit de l'impertinent! Quatre sols étaient encore trop, et ce manant a eu raison de t'étriller. Mais moy, je n'avois que faire de cela.

GILLE.

Ah ! Monsieur, vous êtes le maistre pour recevoir les profits de la boutique.

LE BARBIER.

Va-t'en au diable avec ta chienne de recepte! Je ne sçais à quoy il tient que je ne t'assomme.

GILLE.

Tout beau, Monsieur le raseur. C'est-à-dire que chez vous, on ne mange qu'en imagination et que l'on est battu avec réalité. Eh bien ! je suis vostre serviteur. Pourvoyez-vous d'un autre garçon.

LE BARBIER.

Parbleu, mon amy, je n'auray pas grande peine à te remplacer.

SCÈNE XIII

GILLE seul. .

Me voilà donc hors de condition et sans argent. Mais, parguenne, j'oubliois bien le meilleur. Quand j'ay quitté M. Cassandre, il ne m'a pas payé un mémoire de la dépense que j'avois faite pour luy. Il ne sera pas assez déraisonnable pour ne m'en pas rembourser. D'ailleurs, j'ay à luy remettre la lettre qu'il m'avoit donnée pour Mlle Isabelle et à luy rendre réponse de celle que je luy ay portée hier.

SCÈNE XIV

CASSANDRE, GILLE.

[LE MÉMOIRE DE DÉPENSE.]

CASSANDRE.

J'ay renvoyé Gille sans luy redemander ma lettre et la réponse à celle d'hier. Il faut que j'aille le chercher... Mais, le voilà.

GILLE.

Parguenne, voicy M. Cassandre bien à propos. Bonjour, notre défunt maistre.

CASSANDRE.

Voilà un sot compliment. Nostre défunt! Je suis, parbleu, bien en vie. Dieu mercy! J'avois oublié de te demander des nouvelles de mes lettres.

GILLE.

Je vous en rendray bien compte; et moy, je ne m'estois pas souvenu d'un petit mémoire de dépense que voicy.

CASSANDRE.

Voyons! (*Il lit:*) 1º Pour trois rognons de mouton et un pot d'onguent pour la rogne, sept francs. Plus pour une oye rôtie et un brayer pour le maistre, la somme de neuf francs.

GILLE.

Tout autant, Monsieur, encore n'estoit-il pas neuf.

CASSANDRE.

Pour six pastés de requeste, pour le déjeuner de M. Gille et deux mesures d'avoine pour le maistre, treize francs !... Qu'est-ce à dire ?

GILLE.

Oh ! Monsieur, il n'y a rien à rabattre.

CASSANDRE.

Pour un quarteron de beurre frais pour les hémor-rhoïdes de M. Gille, et pour avoir fait le poil à mon-sieur, six sols.

GILLE.

Je suis exact, comme vous voyez.

CASSANDRE

Pour avoir fait blanchir le linge à barbe dudit Cassandre et avoir fait raccommoder la lunette du privé...

GILLE.

Oh ! je n'ay rien oublié.

CASSANDRE.

Non ! si ce n'est d'accoler vos articles un peu mieux. Voilà un fort joly mémoire. Et quel est le sot qui l'a dressé ainsy ?

GILLE.

C'est moy, Monsieur ; je l'ai dicté à un écrivain de dessous le charnier des Innocens.

CASSANDRE.

Il est d'un style bien élégant !... vingt-neuf francs six sols ?...

GILLE.

Ouy, Monsieur, que vous aurez la bonté de me donner, si vous n'aimez mieux me reprendre à vostre service ; auquel cas je vous feray crédit.

CASSANDRE.

Si tu avois un peu plus d'intelligence, on pourroit faire quelque chose de toy. Mais tu es si beste ! tu as si peu d'esprit !

GILLE.

Ah! dame, Monsieur, tout le monde n'en a pas un si grand que vous.

CASSANDRE.

Eh bien ! mes lettres, qu'en as-tu fait?

GILLE.

Celle d'aujourd'huy, la voilà. Je ne l'ay pas rendüe, comme vous sçavez bien. Pour celle d'hier, je l'ay donnée en mains propres. Mais, allez, j'ay eu diablement peur. Il estoit arrivé un grand malheur à Mlle Isabelle !

CASSANDRE.

[*LE PORTRAIT.*]

Tu me fais trembler. Quel malheur ?

GILLE.

Elle l'a, morguenne, échappée belle ! Tenez, Monsieur, quand je suis entré dans sa chambre, je l'ay trouvée pendue à sa cheminée...

CASSANDRE.

Oh, ciel ! pendue ! Cela est-il possible?

GILLE.

Dame, ouy ! Elle ne grouilloit ny pieds ny pattes.

La frayeur m'a saisy d'abord, mais cependant je n'ay pas perdu le jugement. Je suis viste monté à l'échelle; j'ay bravement coupé la corde. Patatras, voilà Mlle Isabelle par terre!

CASSANDRE.

Oh!. mon cher Gille, que je t'embrasse. Sans doute, alors, elle est revenue à elle?

GILLE.

Non, Monsieur, pas encore. Quand j'ay vu qu'elle ne me parloit pas, j'ay pris votre lettre et je la luy ay attachée à la main avec une grosse épingle.

CASSANDRE.

C'est alors qu'elle a fait les hauts cris!

GILLE.

Non, Monsieur, elle n'en a rien senty.

CASSANDRE.

Oh! ciel, elle est donc morte ?.

GILLE.

Non, Monsieur; elle est revenüe... de la ville un instant après.

CASSANDRE.

Que veux-tu dire, revenüe de la ville?

GILLE.

Ouy, vraiment, Monsieur, revenüe de la ville. Je n'ay jamais eu si peur de la voir double.

CASSANDRE.

Peste soit du faquin! Comme Mlle Isabelle s'est fait peindre et qu'on devoit hier luy apporter son portrait, je parie que cet imbécile, en coupant la corde, aura fracassé toute la bordure!

GILLE.

Vous avez gagné, Monsieur, c'étoit sa portraiture. Dame! je croyois que c'étoit Mlle Isabelle elle-mesme.

CASSANDRE.

Sans doute qu'elle t'aura fait donner cent coups de bâton pour ta balourdise!

GILLE.

Non, Monsieur; elle estoit d'abord bien en colère; mais, comme il n'y a rien eu de cassé, elle s'est mise à rire comme une folle en voyant ma frayeur. Ensuite, elle m'a fait asseoir à costé d'elle auprès du feu et m'a fait boire deux ou trois coups...

CASSANDRE.

Mlle Isabelle est bien bonne!

GILLE.

Oh! pour cela, Monsieur, c'est une bonne fille. Mais, parguenne, il y a eu quelque chose de bien plus drosle, allez! C'est, ma foy, une bonne diablesse...

CASSANDRE.

Comment? Insolent!

GILLE.

Oh! vous vous faschez toujours. On ne sçauroit vous parler... Par la sambille, j'ay vu pourtant chez elle une plaisante chose.

CASSANDRE.

Qu'est-ce que c'est que cette plaisante chose?

GILLE.

Ma foy, je ne sçais pas trop! mais j'ay bien ri en la voyant.

CASSANDRE.

Mais, enfin, qu'as-tu vu?

GILLE.

Monsieur, permettez auparavant que je vous propose quelques questions. Un chat a des oreilles?

CASSANDRE.

Ouy, pour l'ordinaire.

GILLE.

Ce n'estoit donc pas un chat!

CASSANDRE.

Mais que diable veux-tu dire?

GILLE.

Tenez, Monsieur, il faut vous expliquer cela. Il faisoit froid. Nous estions auprès du feu, Mlle Isabelle et moy. Elle estoit jambe deçà, jambe delà. Les pieds sur la pomme des chenets. En voulant ramasser mon chapeau, qui estoit tombé par terre... j'ay aperceu...

CASSANDRE.

Quoy?.. son petit chat, peut-estre?

GILLE.

Monsieur, a-t-il le poil noir?

CASSANDRE.

Ouy.

GILLE.

Cela estant, c'estoit son chat.

CASSANDRE.

Voilà bien des discours pour dire que tu as vu son chat... C'est un petit folichon qui badine toujours avec elle. Il se fourre à tous momens sous ses jupons. Elle l'aime à la folie.

GILLE.

Il faut donc que ce soit son chat, car elle le caressoit de la main. Mais, Monsieur, il me vient un scrupule. Y a-t-il des chats qui ayent la gueule fendue de cette façon ?

(*Il penche la teste.*)

CASSANDRE.

Non, mon amy.

GILLE.

Oh! par la sanguenne, ce n'estoit donc pas son chat que j'ay vu.

CASSANDRE.

Que diable veux-tu donc que ce soit? Car, enfin, puisque tu l'as vue caresser ce petit animal, tu as pu distinguer aisément s'il relevoit la queûe, comme font tous ses pareils.

GILLE.

Oh! Monsieur, je l'ay vu distinctement. Il n'avoit pas de queüe.

CASSANDRE.

Il n'avoit pas de queüe?

GILLE.

Non, Monsieur, très seurement; mais je suis seur qu'il en auroit bien voulu avoir.

CASSANDRE.

Peste soit de l'animal! Va, mon amy, tu ne sçais ce que tu dis.

GILLE.

Dame! si c'eût esté à moy qu'elle eût fait ces caresses-là, il y auroit eu quelque différence au moins!

CASSANDRE.

Tais-toy, impertinent! Je suis bien sot de m'amuser aux mauvais propos de cet imbécile-là! Ma lettre, enfin, quelle réponse y a-t-on faite?

GILLE.

Je n'oserois vous le dire, Monsieur, vous en mourriez subitement.

CASSANDRE.

Qu'est-ce que cela signifie?

GILLE.

Cela signifie que Mlle Isabelle m'a dit de vous dire qu'elle viendroit ce soir souper avec vous.

CASSANDRE.

Souper avec moy? Ah! mon cher Gille, tu as raison, c'est, à mon endroit, une faveur des plus favorables, et, en faveur de cette faveur, je te reprends à mon service.

GILLE.

Quel galimatias! Ma foy, Monsieur, l'amour vous fait perdre le peu d'esprit que vous aviez.

CASSANDRE.

Je veux luy faire un repas magnifique. Tiens, voilà 24 sols. Cours viste chez M. Gargot. Apporte-nous un bon morceau de bœuf à la mode, un quartron de fromage de Hollande, des noix, une salade et une bonne bouteille de vin à six. L'heure s'avance. Ne perds point de temps.

GILLE.

Vous allez estre servy promptement. Je vais prendre un panier pour apporter tout cela.

CASSANDRE.

Moy, je rentre pour ranger dans la salle, afin d'estre en estat d'y recevoir ma maîtresse.

SCÈNE XV

PRENS-TOUT, seul.

[L'ARAIGNÉE.]

Parbleu, il faut que M. Cassandre soit imbécile pour avoir encore repris Gille à son service. Il ne sera pas dit que ce sera impunément. Non, quand ce ne seroit que pour me réjouïr, il faut que je luy escamote la pièce de 24 sols qu'il vient de luy donner. Je l'aperçois, commençons notre fourberie.

SCÈNE XVI

PRENS-TOUT, GILLE.

PRENS-TOUT.

Ah! pauvre M. Cassandre, que deviendras-tu quand tu sçauras cette triste nouvelle?

GILLE.

On parle de mon maistre!

PRENS-TOUT.

Tu mourras de douleur quand tu apprendras que Mlle Isabelle est empoisonnée.

GILLE.

Mlle Isabelle, empoisonnée? Houlas! voilà bien le diable! Dites donc, mon amy, qu'est-ce que vous parlez là tout seul de Mlle Isabelle?

PRENS-TOUT.

Hélas! je dis que, par le plus grand des malheurs, elle s'est empoisonnée.

GILLE.

Et comment cela?

PRENS-TOUT.

En voulant boire à la santé de M. Cassandre, une araignée est tombée dans son verre, et elle l'a avalée sans s'en apercevoir.

GILLE.

Elle a avalé une araignée!

PRENS-TOUT.

Ouy, mon amy, et qui avoit des pattes grandes comme cela! Dans le moment, sa langue s'est épaissie, la gorge luy a enflé, ses yeux se sont fermés, et elle alloit mourir sans le secours du gros Thomas[1], qui heureusement passoit devant sa maison au moment que toutes ses voisines témoignoient leur embarras par des cris très perçans.

GILLE.

Eh bien? l'a-t'il soulagée? J'ay cru qu'il n'arrachoit que les dents.

---

1. L'arracheur de dents qui travailloit près le Cheval de bronze. (*Note de Gueullette.*)

14.

PRENS-TOUT.

Bon! Il a des secrets merveilleux pour les maladies les plus singulières. Il nous a d'abord rassurés en nous disant qu'il avoit un remède excellent pour l'accident arrivé à Mlle Isabelle; il a mesme commencé son opération, mais il ne veut pas l'achever à moins de 6 francs.

GILLE.

Eh bien! il faut les luy donner.

PRENS-TOUT.

C'est bien dit. Mais Mlle Isabelle, qui revenoit de faire ses provisions, ne se trouve pas avoir chez elle cette somme. Il ne luy reste que 4 fr. 16 sols, et le gros Thomas ne veut pas achever son opération à moins de 6 francs. Il est cher comme le diable!

GILLE.

Mais est-ce que ses voisines ne peuvent pas luy prester le surplus?

PRENS-TOUT.

Bon! Quand elles ont entendu parler d'argent, elles ont aussitost décampé l'une après l'autre.

GILLE.

Mais combien donc manque-t'il à Mlle Isabelle?

PRENS-TOUT.

Je crois que cela peut aller à 24 sols. C'est une misère et je vais mettre mon habit en gage pour cela. Mais, avant que j'aye esté à la friperie, la pauvre Mlle Isabelle ne sera peut-estre plus en vie, et j'en serois bien fasché, car c'est une bonne voisine.

GILLE.

Cela ne laisse pas que d'estre embarrassant. Mais estes-vous bien seur du remède du gros Thomas?

PRENS-TOUT.

Oh! très seur. On aperçoit déjà les pattes de l'araignée, et je les ay vues comme je vous vois.

GILLE.

Vous avez vu les pattes de l'araignée? Et où?

PRENS-TOUT.

Je vais vous le dire. Pour faire connoistre qu'il n'est pas un charlatan, le gros Thomas n'a pas eu plustóst receu les 4 fr. 16 sols accompte, qu'il a pris Mlle Isabelle et vous l'a mise sur ses genoux comme un petit enfant que l'on veut foüetter. Il lui a troussé sa jaquette, luy a mis le derrière à l'air vis-à-vis la fenestre...

GILLE.

Et vous estiez là présent?

PRENS-TOUT.

Sans doute! Il n'y avoit que moy et le gros Thomas. Alors il a tiré de sa poche une petite boiste d'yvoire dans laquelle estoient cinq ou six mouches en vie qu'il ne nourrit, à ce qu'il m'a dit, qu'avec de la cervelle de cirons, et il n'en a pas eu plustost approché une du clos bruneau de la pauvre malade que l'araignée a montré le bout du nez et a sorty deux grandes pattes pour attraper la mouche.

GILLE.

Elle est donc sortie?

PRENS-TOUT.

Non, pas tout à fait. Faute des 24 sols, l'araignée

est rentrée, et le gros Thomas n'a pas voulu achever l'opération.

GILLE.

Ah! le misérable!

PRENS-TOUT.

Depuis ce temps-là, Mlle Isabelle est dans une agitation des plus violentes.

GILLE.

Et a-t'elle toujours le cul à l'air?

PRENS-TOUT.

Mais je crois que ouy.

GILLE.

Cela doit estre curieux à voir.

PRENS-TOUT.

Oh! ma foy, quand on souffre, on ne s'embarrasse pas de tout cela. Mais, vous m'amusez mal à propos. Je suis bien sot de vous raconter toutes ces choses-là pendant que je devrois avoir desjà esté mettre mon habit en gage. Ce retard coustera peut-estre la vie à Mlle Isabelle.

GILLE.

Ecoutez, mon amy, j'appartiens à M. Cassandre qui, comptant avoir ce soir Mlle Isabelle à souper, m'avoit donné 24 sols pour aller chercher de quoy la régaler. Mais j'estime qu'ils seront bien mieux employés à donner au gros Thomas. Tenez, les voilà!

PRENS-TOUT.

Eh! que ne les avez-vous donnés il y a un quart d'heure? Je cours à toutes jambes porter du secours à Mlle Isabelle, s'il en est encore temps; sinon, je viens vous rejoindre icy pour vous remettre la pièce de 24 sols. Comment vous appelez-vous?

GILLE.

Gille Bambinois Cadet L'Aisné, fort à vostre service.

PRENS-TOUT.

Adieu, Monsieur Gille Cadet L'Aisné.

GILLE.

Allez viste, sinon son derrière gagnera quelque bon rhume. Parguenne, je suis bien heureux de m'estre rencontré icy aussy à propos!

SCÈNE XVII ET DERNIÈRE

GILLE, CASSANDRE.

CASSANDRE.

Je ne me sens pas d'aise. Quoy! Ma charmante Isabelle viendra ce soir souper avec moy! Je meurs d'impatience de la voir. Mais Gille est bien long-temps à revenir de chez M. Gargot et à faire ses autres emplettes. Le voicy. Eh bien! mon amy?

GILLE.

Eh bien? Monsieur, ne voilà-t'il pas un terrible accident?

CASSANDRE.

Quel accident?

GILLE.

Mlle Isabelle!

CASSANDRE.

Quoy, Mlle Isabelle ? Qu'y a-t'il de nouveau ?

GILLE.

Elle n'en mourra pas grâce à moy.

CASSANDRE.

Qu'est-ce que cela veut dire ?

GILLE.

Cela veut dire que Mlle Isabelle est morte, ou peu
s'en faut, et que vous en estes la cause.

CASSANDRE.

Quel galimatias ! Est-ce encore quelque aventure,
comme celle du portrait de tantost ?

GILLE.

Oh ! que non ! C'est elle-mesme en propre original
qui s'est empoisonnée.

CASSANDRE.

Comment ? empoisonnée...

GILLE.

Ouy, Monsieur, et par rapport à vous. Mais ne
vous effrayez pas encore. Mlle Isabelle, en buvant à
vostre santé, avoit avalé une araignée...

CASSANDRE.

Juste Ciel ! Ah ! Quel malheur !

GILLE.

Elle se mouroit. Le gros Thomas a passé par là.
Il vouloit bien la guérir ; mais il demandoit 6 francs
et elle n'avoit que 4 fr. 16 sols.

CASSANDRE.

Eh ! Finis ton misérable récit, auquel je ne comprends rien !

GILLE.

Patience! Il vous l'a couchée sur ses genoux, luy a mis au derrière une mouche d'une espèce singulière. L'araignée est venue pour la gober, et, moyennant les 24 sols que j'ay donnés pour faire la somme complète, je compte que cette vilaine beste luy est sortie du corps à l'heure que je vous parle.

CASSANDRE.

Je ne comprends rien à ces discours. Je crois que Gille est devenu fou.

GILLE.

Non, Monsieur, je ne suis pas fou. Je vous dis la vérité pure. Je la tiens d'un galant homme à qui j'ay donné les 24 sols qui manquoient à Mlle Isabelle. Il m'a tout raconté comme je vous le dis.

CASSANDRE.

Eh! pauvre sot! Sans doute encore quelque nouveau tour de filou! Comment veux-tu, beste que tu es, qu'une araignée qui auroit esté avalée sorte toute en vie après avoir passé à travers plus de trente aulnes de boyaux?

GILLE.

Trente aulnes de boyaux? Est-ce que vous avez mesuré les boyaux de Mlle Isabelle? Dame! Pour moy, je n'en sçais pas tant. On me dit qu'elle est empoisonnée, qu'elle va mourir! Que, faute de 24 sols qui manquent pour payer le gros Thomas, elle court risque de la vie. Parguenne, pour la luy sauver, je n'ay pas fait difficulté de les donner.

CASSANDRE.

Le motif est bon. Tu n'as péché que par ignorance et par bêtise. Je cours chez Mlle Isabelle, que je ramèneray, j'en suis sûr, en bonne santé ; et je donneray ordre, en revenant, pour nostre souper.

GILLE.

Je le souhaite. Mais, parguenne, je crains bien que l'histoire de l'araignée ne soit que trop vraye.

CASSANDRE.

Et moy, je suis très persuadé du contraire.

GILLE.

A propos, nostre maistre, j'ay oublié de vous dire, de la part de Mlle Isabelle, que vous ne luy donniez pas de tripaille. Elle dit que toutes les fois qu'elle vous voit vous ne luy présentez que du mou. Dame ! elle en est bien lasse.

CASSANDRE.

Tais-toy, insolent ! Mlle Isabelle sera contente.

TROISIÈME PARADE

TROIS ACTES

Les Braves d'Ostende. — Les Métiers. — Le Tailleur. — La Succession. — Le Contrat de mariage de Gille. — Les Maistres pour l'éducation. — Taratapa Eoüs. — L'Amant désespéré. — Le Repas de nopce. — La Tarentule.

ACTEURS

LE MAISTRE.

GILLE.

PRENS-TOUT,)
LAISSE-RIEN,) filous.

LE TAILLEUR.

UN ESCLAVE.

UN NOTAIRE.

UN MAISTRE DE GRAMMAIRE ET D'HISTOIRE.

UN MAISTRE A DANSER.

UN MAISTRE D'ARMES.

UN MAISTRE POUR LA POLITESSE ET LA CIVILITÉ.

L'AMANT DÉSESPÉRÉ.

M. GARGOT, traiteur.

TROISIÈME PARADE

ACTE PREMIER

SCÈNE PREMIÈRE

LE MAISTRE.

Il faut avouer que je suis un gentilhomme bien infortuné. J'avois trois-valets, j'ay esté obligé d'en chasser deux pour leur yvrognerie continuelle, et je me trouve réduit au seul Gille. C'est un garçon fidèle, j'en conviens, mais il est si beste qu'on ne peut luy donner la moindre commission sans qu'il fasse les choses tout de travers. Cependant, il faut, malgré moy, que j'en passe par là ! surtout aujourd'huy que je dois aller nécessairement à Vaugirard. Il est vray que ce n'est tout au plus que pour une couple d'heures. Mais il se passe bien des choses en si peu de temps... Gille !... Gille ! .. ce coquin me fera égosiller... Gille !...

SCÈNE II

LE MAISTRE, GILLE.

GILLE.

On y va!

LE MAISTRE.

Où diantre te fourres-tu donc?

GILLE.

Parbleu, Monsieur, je ne peux pas estre partout.
J'estois allé à la cave tirer un petit coup de vinaigre
avec Jacqueline.

LE MAISTRE.

Je crains bien plutost que tu n'y sois descendu
pour boire mon vin.

GILLE.

Au contraire, Monsieur. La dernière fois qu'un
de vos tonneaux estoit en vidange et que vous accu-
siez Jacqueline de l'avoir bu...

LE MAISTRE.

Il est vray que je me suis aperçu deux ou trois
fois qu'elle avoit l'haleine vineuse.

GILLE.

Eh bien! Monsieur, cela a piqué au vif cette
pauvre fille. Elle m'a montré le trou par où votre
vin avoit passé, et je travaillois actuellement à le
boucher quand vous m'avez appelé.

LE MAISTRE.

Le ciel soit loué! Il ne s'enfuira donc plus par cet endroit-là!

GILLE.

Oh! Monsieur, je ne vous en réponds pas. Mais quand Jacqueline me le montrera, je seray toujours prest à le boucher.

LE MAISTRE.

Fort bien! Or çà, mon amy, écoute-moy. Je suis obligé d'aller à Vaugirard pour une couple d'heures au plus. Pendant mon absence, aye bien soin de ma maison. Comme tu sçais qu'un gentil-homme ne dégénère pas pour vendre le vin de son cru, je te laisse le maistre de sa distribution.

GILLE.

Oh! Monsieur, j'auray grand soin de tout cela. Mais quand je seray à la cave, que deviendra Mlle Isabelle, vostre fille. Faudra-t'il l'enfermer sous la clef?

LE MAISTRE.

Il n'y auroit pas grand mal. Cependant tu peux t'en dispenser, à moins que tu ne voyes quelque godelureau rôder autour du logis.

GILLE.

Dans ce cas, laissez-moy faire.

LE MAISTRE.

Surtout, ne fais point de crédit, si ce n'est aux gens du voisinage.

GILLE.

Allez, Monsieur, partez en assurance.

15.

LE MAISTRE.

Soit. Je seray bientost de retour.

(Il entre. On appelle Gille en dedans.)

GILLE.

On y va ! Que diantre ! il y a toujours à refaire à ces femelles.

SCÈNE III

PRENS-TOUT, LAISSE-RIEN.

PRENS-TOUT.

Et où diable te sauves-tu donc ?

LAISSE-RIEN.

Est-ce qu'il y a quelque chose de nouveau ?

PRENS-TOUT.

Ouy, mon amy, il s'agit d'avoir une lippée franche aux dépens de M. de Parlaventrebleu.

LAISSE-RIEN.

Et comment cela ?

PRENS-TOUT.

Il a laissé le soin de son cabaret à Gille. Il faut y entrer et nous servir de la ruse qui nous a réussi à la güingette des Porcherons, il y a huit jours.

LAISSE-RIEN.

C'est, morbleu, bien dit. Nous sommes habillés à peu près de la manière qu'il faut pour cela.

PRENS-TOUT.

Heurte à la porte.

SCÈNE IV

LAISSE-RIEN, PRENS-TOUT, GILLE.

[LES BRAVES D'OSTENDE.]

LAISSE-RIEN.

Holà! hé! quelqu'un.

GILLE.

Me voilà, Messieurs, que diable! Voilà des figures
bien singulières. Que souhaitez-vous ?

PRENS-TOUT.

Mon amy, nous voulons une bouteille de ton
meilleur vin de Champagne.

GILLE.

Du meilleur vin de Champagne ?

LAISSE-RIEN.

Ouy ! du mousseux.

GILLE.

Vous allez estre servis tout à l'heure. (*Il rentre et
revient.*) Messieurs, je ne songeois pas qu'il ne doit
arriver que demain soir. Pour le présent, nous n'en
avons pas une goutte icy.

PRENS-TOUT.

Quoy? tu n'as plus de vin de Champagne?

GILLE.

Non, Monsieur, mais, pour tout autre vin, vous
n'avez qu'à parler.

LAISSE-RIEN.

Eh bien ! chevalier, passons-nous de champagne.
Donne-nous donc du bourgogne ; mais du meilleur, du beaune, par exemple.

GILLE.

Ah ! ah ! Vous me paroissez estre de fins gourmets ;
mais, pour du beaune, cela n'est pas possible. Il
nous a manqué ce matin. Je viens d'en donner la
dernière bouteille à M. le comte de Stirlik-Berlik.

PRENS-TOUT.

Parbleu, marquis, nous jouons aujourd'huy de
malheur. Eh bien ! sers-nous du vin de Coste-rotie.

GILLE.

De Coste-rotie ? J'en avois une pièce excellente,
mais elle a tourné au bois aigre la semaine dernière,
et j'ay esté obligé de la livrer au vinaigrier.

LAISSE-RIEN.

Tu auras tout au moins du vin de Coulange, de
Chablis, de Montmorillon.

GILLE.

Il nous en venoit par eau ; mais le bateau a péry,
et tout le vin a esté perdu.

PRENS-TOUT.

Ah ! je vois bien qu'il faudra nous réduire au
petit vin de Suresnes. Apporte-nous-en donc une
bouteille.

GILLE.

Du petit vin de Suresnes ? Eh ! sçavez-vous qu'il
a esté excellent cette année !

LAISSE-RIEN.

Oh ! nous en aurons donc ?

GILLE.

C'est ce qui vous trompe! Il ne m'en restoit plus
qu'un carteau. Le tonnelier, il n'y a pas deux heures,
en voulant le mettre en perce, a enfoncé la douve du
milieu, et tout le vin s'est enfuy dans l'instant sans
qu'il en fût resté une seule goutte. Ma foy, Messieurs, c'est grand dommage!

PRENS-TOUT.

Mais, enfin, faquin que tu es, sais-tu que le marquis et moy, nous commençons à nous impatienter!
Quel vin as-tu donc à nous donner?

GILLE.

Ma foy, Messieurs, je ne vous feray point de
montre. Vous aurez du vin de Brétigny.

LAISSE-RIEN.

Et, morbleu! donne-le tel qu'il est. Le chevalier
et moy nous étranglons de soif.

GILLE.

Vous allez estre servys sur-le-champ.

LAISSE-RIEN.

A la fin, nous boirons donc! Je crois que ce
drosle-là se moque de nous.

PRENS-TOUT.

Rira bien qui rira le dernier.

GILLE.

Tenez, Messieurs, voilà du vin exquis.

PRENS-TOUT.

Voyons, mon amy.

GILLE.

Bon! j'ay oublié les verres.

PRENS-TOUT.

Va donc les chercher.

GILLE, *sortant*.

J'y cours. (*Il rentre.*) Ma foy, je n'ay trouvé que celuy-cy. Il y eut hier icy des gens qui firent la débauche. Ils ont tout cassé, hormys celuy que je tiens.

LAISSE-RIEN.

Fort bien ! Et le vin ?

GILLE.

Parbleu, j'ay tant d'affaires dans la teste que j'ay remporté la bouteille.

(*Il sort.*)

LAISSE-RIEN.

Morbleu ! c'est se moquer !

GILLE, *rentrant*.

La voicy. Permettez, Messieurs, que je vous mette icy un bout de nappe. J'aime la propreté. (*Il met un torchon sale, puis il boit.*) Comment le trouvez-vous ?

PRENS-TOUT.

Mais, animal, nous ne l'avons pas encore gousté. Donne-moy cette bouteille !

GILLE.

La voilà.

LAISSE-RIEN.

N'aurois-tu rien à nous donner pour graisser le couteau ? Quelque pièce de four ou quelque morceau de bœuf ?

GILLE.

Une pièce de four ou un morceau de bœuf?... J'ay votre affaire.

PRENS-TOUT.

Tant mieux. A ta santé !

(Ils boivent deux autres coups chacun.)

GILLE *apporte une tuile et une poignée de foin sur deux assiettes.*

Voilà, Messieurs, ce que vous demandez.

PRENS-TOUT.

Qu'est-ce que cela?

GILLE.

Une pièce de four.

PRENS-TOUT.

C'est une tuile. Et cecy?

GILLE.

Un morceau de bœuf.

LAISSE-RIEN.

Par la Teste-Bleue, marquis, ce drosle-là est jovial ! Tu as bien fait de ne pas demander un morceau de cochon.

GILLE.

Oh! Monsieur, n'en faites faute. Il y en a dans la garde-robe de nostre maistre, mais...

PRENS-TOUT.

Ce garçon-là est bouffon. Ne trouves-tu pas qu'il a un air de quelqu'un de ton régiment?

LAISSE-RIEN.

Effectivement! Il ressemble beaucoup au petit Gillot.

GILLE.

Comment dites-vous cela, Monsieur? Est-ce que vous avez connu le petit Gillot?

PRENS-TOUT.

Si nous l'avons connu!

GILLE.

Sçavez-vous bien que c'estoit mon oncle?

LAISSE-RIEN.

Ton oncle?

GILLE.

Ouy vraiment, et pouvez-vous me dire ce qu'il est devenu?

LAISSE-RIEN.

Ma foy, mon amy, il a esté pendu, il y a six semaines, pour avoir esté en maraude.

GILLE.

Vous vous moquez de moy. Mon oncle n'estoit pas un maraud.

PRENS-TOUT.

Nous ne te disons pas cela. Aller en maraude, c'est s'écarter de l'armée pour piller le paysan. Autant de pris, autant de pendus. Mais cela ne déshonore pas.

GILLE.

Cela ne déshonore pas? Oh! Je suis bien aise que mon oncle ait esté pendu.

LAISSE-RIEN.

Je le crois bien! D'autant plus que, comme on leur permet de faire un testament, le pauvre Gillot en a fait un dont je suis l'exécuteur.

GILLE.

Vous avez donc pendu vous-mesme mon oncle?

PRENS-TOUT.

Non, vraiment! mon amy; il a été exécuteur des
dernières volontés de Gillot, qui l'a chargé de remettre tout ce qu'il possédoit à un neveu que l'on
appelle Gille Bambinois Cadet L'Aisné.

GILLE.

Eh bien? Messieurs, c'est moy qui m'appelle Gille
Bambinois Cadet L'Aisné. Parbleu! voilà un brave
oncle; je veux boire à sa santé!

LAISSE-RIEN.

Comment, à sa santé! Il est mort.

GILLE.

Cela n'y fait rien!

LAISSE-RIEN.

Tu n'as qu'à te trouver demain, à mon lever, rue
Soli, à l'hostel des Trois-Moineaux, et à demander le
marquis de la Trichardière; je te remettray toute la
succession de ton parent.

GILLE.

Volontiers.

PRENS-TOUT.

Parbleu! Buvons à la santé du légataire. Apporte-
nous une seconde bouteille.

LAISSE-RIEN.

Tope! Au légataire!

(*Gille va chercher une seconde bouteille.*)

16

GILLE.

Et, Messieurs, la succession est-elle considérable?

LAISSE-RIEN.

Elle consiste dans quelques effets que mon valet de chambre a apportés dans sa valise.

1º Il y a un sifflet de chaudronnier de cristal minéral. Trois dés pipés et un étuy à lunettes vuide.

GILLE.

Cela ne me paroist pas d'une grande conséquence.

LAISSE-RIEN.

Il y a encore une tasse de coco, un briquet avec son amadoüe, une seringue de moyenne grandeur, avec toutes ses dépendances.

GILLE.

C'est quelque chose que cela... Et ses habits, vous ne m'en parlez pas.

PRENS-TOUT.

Ils appartenoient de droit à ses valets de chambre.

GILLE.

A ses valets de chambre? Diantre! Mon oncle estoit donc devenu gros seigneur?

PRENS-TOUT.

Non! Vous ne m'entendez pas.

(*Il fait signe que Gillot a esté pendu.*)

GILLE.

Je ne vous entends pas.

LAISSE-RIEN.

Que diable! vous avez la forme bien enfoncée dans la matière! Il veut vous rappeler que, le pauvre Gillot ayant été pendu, ses valets de chambre...

GILLE.

Ah! je suis au fait. Ouy, ouy, je conçois que sa garde-robe appartenoit à ces messieurs... Eh bien! pour peu que cela vaille, j'iray demain matin chercher le tout en vostre hostel.

LAISSE-RIEN.

Tu n'as qu'à venir, mon amy; mais comme il faut prendre les charges avec le bénéfice, le défunt oblige, par son testament, son légataire universel à payer à mon sergent quarante livres qu'il luy a prestées, et trois cents livres pour les intérêts de cette somme.

GILLE.

De sorte que cela fait 340 francs. Messieurs, je renonce à la succession du défunt. Il n'y a pas là pour 40 sols de breloques, et il faudroit estre fou pour les prendre, à condition de payer ces 340 francs.

PRENS-TOUT.

Ce garçon raisonne juste et paroît avoir de l'esprit. Effectivement, je ne luy conseillerois pas d'accepter cette succession, à moins que ce ne fût pour faire honneur à la mémoire de son oncle.

GILLE.

Ah! je suis bien son serviteur. Mais où donc est-il mort?

PRENS-TOUT.

Dans la ville d'Ostende, dont nous venons de faire le siège.

GILLE.

Vous venez du siège d'Ostende?

LAISSE-RIEN.

Ouy, mon amy ; tu nous vois un peu délabrés.
Mais, ma foy, à la fin d'une campagne, on est bien
heureux quand on n'est pas encore en plus mauvais estat. Il faisoit diablement chaud à ce siège-là!

GILLE.

Est-ce que vous estiez exposés au grand soleil?

PRENS-TOUT.

Il s'agissoit bien du soleil. C'est le canon qui nous
ronfloit aux oreilles.

GILLE.

Messieurs, cela fait-il plus de bruit que le canon
de la Grève au feu de la Saint-Jean?

LAISSE-RIEN.

Belle comparaison! On voit bien que tu es un ba-
daud qui n'est jamais sorty de Paris.

GILLE.

Pardonnez-moy, j'ay esté à Chaillot, à Saint-
Cloud...

PRENS-TOUT.

Voilà de grands voyages. Et en es-tu revenu sain
et sauf?

GILLE.

Ouy! Dieu mercy. J'ay pourtant pensé verser
dans une charrette. Elle penchoit diablement vers
les fossés du Cours-la-Reyne.

LAISSE-RIEN.

A propos de fossés, te souviens-tu, marquis, de
celuy que je sautay pour aller aux ennemis? Il avoit
plus de soixante toises de long!

GILLE.

Et combien avoit-il de large ?

LAISSE-RIEN.

Environ quatre pieds.

GILLE.

Et! parbleu! il falloit le sauter par cet endroit.

LAISSE-RIEN.

Aussy fis-je; et l'exemple de mon intrépidité en-
couragea tellement le régiment que nous empor-
tâmes la contrescarpe sans coup férir.

PRENS-TOUT.

Cela est vray. Buvons un coup au brave sau-
teur.

LAISSE-RIEN.

Volontiers.

(Ils boivent tous trois.)

PRENS-TOUT.

Et moy, chevalier, est-ce que je ne fis pas des merveilles à la teste du Pont-Euxin qui communique
dans la ville ?

LAISSE-RIEN.

Cela est vray.

PRENS-TOUT.

Après m'estre battu comme un diable, moy seul,
avec deux pistolets de poche, j'arrestay les assiégés
qui vouloient faire une sortie. D'un seul coup, je
bruslay la moustache d'un goujat et fis sauter un œil
de verre à la vivandière de la place. Ensuite, le
plomb me manquant, je m'arrachay promptement
une dent mâchelière qui branloit un peu ; je chargeay

16.

mon pistolet de nouveau et, avec cette dent, je tuay roide un Ostendois qui m'alloit descharger un coup de sabre sur l'oreille.

GILLE.

Morguenne! Voilà une belle action!

PRENS-TOUT.

Aussy étonna-t'elle les ennemys au point que, sur-le-champ, ils demandèrent à capituler.

GILLE.

Et vostre oreille, l'avez-vous encore?

PRENS-TOUT.

Ouy, mon amy, au moment que je cassay la teste à l'Ostendois, le sabre lui tourna dans la main, il tomba par terre et ne coupa que l'oreille de mon soulier.

GILLE.

Voilà qui s'appelle un coup bien heureux! Parguenne, à vostre santé.

(*Ils boivent.*)

LAISSE-RIEN.

Son bonheur n'approche pas du mien. Écoutez bien cecy. Au commencement du siège, les ennemys faisoient des mines.

GILLE.

Je crois que c'estoient de laides grimaces.

LAISSE-RIEN.

Tu ne me comprends pas. Faire une mine, c'est creuser un chemin sous terre que l'on emplit de poudre à canon et, par ce moyen, on vous fait sauter deux cents hommes haut comme les tours Notre-Dame.

GILLE.

Houlas! Eh bien?

LAISSE-RIEN.

Il y avoit trois jours que je ne m'estois couché. J'estois sur un ouvrage à corne. La mine joüe, elle m'enlève, et je me trouve sur le rempart de la ville, tout étourdy de ma chute, au moment que nos troupes font jouer une autre mine qui me rapporte dans nostre camp et, par un hasard bien singulier, me jette tout brandy au milieu de ma tente, sur mon lit, où je dormis vingt-quatre heures de suite sans débrider et sans avoir reçu la moindre égratignure.

GILLE.

Je ne vous croirois pardienne pas, si vous ne me le disiez vous-mesme.

LAISSE-RIEN.

Cela est pourtant bien vray. Mais voilà assez boire. Il faut payer ce garçon. Eh bien! mon amy, combien vous faut-il?

GILLE.

Vous avez eu trois bouteilles et du linge blanc, vous ne pouvez pas donner moins d'un escu.

PRENS-TOUT.

Ma foy, ce n'est pas trop... Que veux-tu donc faire, Chevalier?

LAISSE-RIEN.

Et, parbleu, je veux payer l'escot.

PRENS-TOUT.

Tu te moques, je crois ! C'est moy qui t'ay invité, et tu prétends payer ? Mais c'est m'insulter !

LAISSE-RIEN.

Eh ! fy donc ! Je te dis que je payeray.

PRENS-TOUT.

Tu veux donc encore une affaire avec moy ?

LAISSE-RIEN.

Tout comme tu voudras. Mais tu ne payeras pas, ou cela sera décidé au premier sang.

GILLE.

Cela estant, Messieurs, je vais chercher des cartes.

PRENS-TOUT.

Pourquoy faire ?

GILLE.

Pour que vous décidiez à qui payera en un coup de piquet.

LAISSE-RIEN.

Il est original ! Eh ! mon amy, c'est-à-dire que celuy de nous deux qui sera blessé le premier payera l'escot.

GILLE.

Fort bien, mais si l'un de vous deux tue l'autre ?

PRENS-TOUT.

Ce sera alors le survivant qui payera.

GILLE.

Ouy ! Et s'il s'enfuit sans payer ? Voilà un mort qui m'embarrassera.

LAISSE-RIEN.

Il a raison. Mais comment faire ? Car tout résolument je veux payer.

PRENS-TOUT.

Et moy aussy.

GILLE.

Ma foy, Messieurs, cherchez quelqu'autre expédient que celuy de vous battre.

LAISSE-RIEN.

Tiens, Marquis, ce garçon me fait naistre une idée bien simple. Bandons-luy les yeux, et celuy de nous deux qu'il attrapera payera l'escot.

PRENS-TOUT.

Je le veux bien, mais il ne me sera pas défendu de me jeter dans ses bras?

LAISSE-RIEN.

Oh! parbleu! Chevalier, je suis bien seur de te prévenir.

GILLE.

C'est bien pensé. Messieurs, il n'y a qu'à me bander les yeux.

PRENS-TOUT, *bas*.

Quand tu auras les yeux couverts, tourne-toy tout d'un coup à gauche; tu me trouveras sous ta main.

LAISSE-RIEN.

Ah! morguenne, point de supercherie, tu parles à l'oreille de ce garçon.

GILLE.

Allez, Messieurs, je joüeray de franc jeu.

(*Ils luy bandent les yeux, et ensuite se sauvent pendant que Gille parcourt la scène.*)

SCÈNE V

LE MAISTRE.

Ma foy, quand je me suis trouvé sur le Pont-Neuf, la pluye est survenüe avec tant d'abondance que j'ay remis à demain ma course à Vaugirard. J'aurois, parbleu, esté moüillé jusqu'à la chemise.

SCÈNE VI

LE MAISTRE, GILLE.

GILLE, *saisissant son maistre.*
Oh! parbleu, ce sera toy qui payeras l'escot.

LE MAISTRE.
Qu'est-ce à dire? es-tu fou?

GILLE.
Tu payeras l'escot.

LE MAISTRE.
Mais, explique-toy donc! Pourquoy joues-tu ainsy tout seul à colin-maillard?

(*Il luy oste son bandeau.*)

GILLE.
Ah! ah! nostre maistre! c'est vous! Où diable sont-ils donc allés?

LE MAISTRE.

Qui?

GILLE.

Le marquis et le chevalier, ces braves d'Ostende.

LE MAISTRE.

Je ne sçais ce que tu veux dire.

GILLE.

Ces deux hommes qui viennent de faire un escot. Ils sont apparemment allés se battre icy près.

LE MAISTRE.

Et à propos de quoy?

GILLE.

Pour voir, entre eux, qui payera. Le marquis n'a jamais voulu souffrir que le chevalier mît la main à la bourse. Le chevalier juroit de tuer le marquis s'il se mettoit en devoir de payer.

LE MAISTRE.

Je ne comprends rien à cela!

GILLE.

Tenez! Pour s'accorder, ils ont proposé de me bander les yeux et que celuy que je prendrois payeroit la dépense.

LE MAISTRE.

Et tu y as consenty?

GILLE.

Sans doute; ils vouloient s'assommer!

LE MAISTRE.

Oh! le cheval! l'animal! Ne vois-tu pas, beste que tu es, que ce sont deux fripons?

GILLE.

Eh ! non, Monsieur, ils m'apportoient mesme la succession de mon oncle, le petit Gillot. Mais je n'ay pas voulu la recevoir.

LE MAISTRE.

Et je te dis, moy, que tu n'es qu'un sot! Va, mon pauvre amy, tu ne seras jamais qu'un butor. Tu n'es pas propre à servir. Prens ton party. Te voilà gros et grand comme père et mère, tu devrois bien plustost songer à apprendre un métier.

[LES MÉTIERS.]

GILLE.

Monsieur, j'y ay déja pensé, mais le choix m'embarrasse. C'est, par exemple, une belle chose qu'un vitrier!

LE MAISTRE.

Ouy, mon amy, mais tu es trop maladroit. Tu casserois trop de verres; tu t'y ruinerois. Mon couvreur avoit besoin, il n'y a pas longtemps, d'un apprenti. Nous pouvons le voir.

GILLE *se met à pleurer.*

Oh! Monsieur, je vois bien que vous voulez me faire périr. De la taille dont je suis, me faire couvreur! c'est se moquer. Le métier est un peu trop périlleux pour un maladroit comme moy.

LE MAISTRE.

Tu n'as pas absolument tort. Eh bien! prenons un autre métier.

GILLE.

Monsieur, je serois pourtant bien couvreur à une condition.

LE MAISTRE.

Quelle est-elle?

GILLE.

La maîtresse couvreuse est assez gentille.

LE MAISTRE.

C'est vray. Mais qu'est-ce que cela fait?

GILLE.

Eh bien, Monsieur, me voilà déterminé à estre couvreur, pourvu que je ne travaille qu'à deux pieds de terre avec la maîtresse, et que tout l'ouvrage ne tienne qu'à une cheville.

LE MAISTRE.

Impertinent! Il t'appartient bien de porter tes vœux aussy haut!

GILLE.

Eh bien, Monsieur, faites-moy apprenti brodeur.

LE MAISTRE.

Ce n'est pas mal penser. Mais pourquoy choisis-tu ce métier préférablement aux autres?

GILLE.

Je vais vous le dire. J'estois, hier, à la porte de vostre maison. Il y avoit trois jeunes gens qui cau-soient ensemble. L'un disoit : J'ay donné hier à souper à ma maîtresse. Il y avoit une fricassée de poulet, un levraut, deux bécasses, trois perdrix, six bouteilles de vin de Champagne...

LE MAISTRE.

Qu'est-ce que cela a de commun avec le métier de brodeur?

GILLE.

Vous allez voir. Un autre, qui l'écoutoit, a dit à l'oreille de son camarade : « Autant pour le brodeur. » Vous voyez bien, suivant ce discours, que j'aurois eu tout ce repas pour moy.

LE MAISTRE.

Ah! ah! la plaisante idée!

GILLE.

Ce n'est pas le tout. Le troisième a dit : « Moy, j'ay esté joüer à la roulette, et, depuis huit jours, il faut que j'y aye gagné au moins cent louis! » Aussitost : « Autant pour le brodeur. » Dame! avec une pareille somme, je serois bientost riche!

LE MAISTRE.

Parbleu, Gille, tu as raison jusque-là. Mais as-tu entendu le reste de la conversation?

GILLE.

Non! Jacqueline m'appela et je rentray dans la maison.

LE MAISTRE.

Et moy, de ma fenestre, voicy ce que j'ay entendu dire par l'un des trois, qui me parut un peu fanfaron. « J'ay eu une querelle avec un maraud qui m'a insulté; j'ay mis l'épée à la main, et, comme c'estoit un lasche qui n'a pas osé desgainer, je luy ay donné cent coups de bâton. « Sais-tu ce que les deux autres luy ont répondu?

GILLE.

Non.

LE MAISTRE.

« Autant pour le brodeur ! »

GILLE.

Cela estant, cherchons un autre métier.

LE MAISTRE.

Voudrois-tu estre tailleur ?

GILLE.

Ouy da !

LE MAISTRE.

Eh bien! nous avons M. Ostrogrelot, nostre voisin.
Voyons ce qu'il demandera pour ton apprentissage.
Va heurter à sa porte.

GILLE.

Volontiers, Monsieur.

SCÈNE VII

LE MAISTRE, GILLE, LE TAILLEUR.

[*LE TAILLEUR.*]

GILLE.

Toc, toc, toc.

LE TAILLEUR.

Qui est là?

LE MAISTRE.

Bonjour, mon voisin. Tenez, voilà un gros
garçon qui voudroit bien apprendre vostre métier.

LE TAILLEUR.

Monsieur, ce n'est pas bien aisé. Cependant, ce n'est pas la magie noire.

LE MAISTRE.

Combien demandez-vous pour son apprentissage ?

LE TAILLEUR.

Faut-il vous surfaire ?

LE MAISTRE.

Non.

LE TAILLEUR.

Cinquante escus.

GILLE.

Oh! Monsieur, c'est trop!

LE MAISTRE.

Il a raison.

LE TAILLEUR.

Monsieur, quand ce seroit pour le neveu du roy, je n'en rabattrois pas un sol, à moins que ce garçon veuille estre cinq ans chez moy sans appointements, auquel cas je ne demande rien.

LE MAISTRE.

Cela vaudroit mieux de cette manière.

LE TAILLEUR.

Il y a encore une petite condition : c'est que, quand j'éternueray, ce garçon ne manque pas aussitost de me dire : « Le Ciel t'assiste! »

GILLE.

Cela ne couste rien.

LE TAILLEUR.

A la bonne heure. Mais je t'avertis que, quand on l'oublie, j'entre aussitost en fureur, et je tuerois

mon homme s'il ne me disoit pas : « Le Ciel t'assiste ! »
C'est une maladie.

GILLE.

Malepeste ! il y faudra faire attention.

LE TAILLEUR.

Je vais éternuer. Prenez garde.

LE MAISTRE.

Ouy, Monsieur. A toy, Gille.

LE TAILLEUR.

Atchit ! atchit !

GILLE.

Le Ciel t'assiste !

LE TAILLEUR.

Ah ! coquin.

(*Il rosse Gille.*)

GILLE.

Attends donc ! Et pourquoy me bats-tu ! N'ay-je
pas dit : « Le Ciel t'assiste ? »

LE TAILLEUR.

Ouy, mais j'ay éternué deux fois et tu ne m'as dit
qu'une fois : « Le Ciel t'assiste ! »

GILLE.

Cela estant, j'ay tort.

LE TAILLEUR.

Atchit !

GILLE.

Le Ciel t'assiste !

LE MAISTRE.

Ah ! voilà qui est bien.

GILLE.

Ma foy, avec cet homme-là, il faut toujours avoir l'esprit tendu.

LE TAILLEUR.

At... at... at... at...

GILLE.

Oh! je n'y seray plus attrapé. « Le Ciel t'assiste! »

LE TAILLEUR.

Je suis mort! (*Il rosse Gille.*) Ah! traître! Ah! maraud!

GILLE.

A qui diable en as-tu donc?

LE TAILLEUR.

Comment! misérable, tu m'as fait manquer mon éternuement. J'étouffe.

GILLE.

Eh bien! le Ciel ne t'assiste pas. J'y feray plus attention une autre fois.

LE MAISTRE.

Ah çà! Gille, je te laisse chez ton nouveau maistre. Fais bien ton devoir.

GILLE.

Ouy, Monsieur, vostre serviteur.

SCÈNE VIII

LE TAILLEUR, GILLE.

LE TAILLEUR.

Mon amy, je ne vais qu'à quatre pas d'icy achepter

du fil. Voilà un habit qu'il faut retourner et un jupon à mettre du haut en bas.

GILLE.

Ah! Monsieur, je feray bien cela.

LE TAILLEUR.

Tu as donc un commencement de travail?

GILLE.

Oh! que ouy, Monsieur.

LE TAILLEUR.

Tant mieux, mon amy.

(*Il sort.*)

GILLE.

Parguenne! il ne faut pas estre grand sorcier pour cela. Ce n'est pas là de l'ouvrage bien difficile.

(*Il retourne les manches de l'habit et met le jupon du haut en bas sur une chaise.*)

LE TAILLEUR.

Me voilà bientost de retour. Eh bien! ne t'ennuyes-tu pas?

GILLE.

Ah! que non, nostre maistre. Avez-vous quelque chose à me donner à faire? Vostre besogne est déjà achevée.

LE TAILLEUR.

Cela n'est pas possible.

GILLE.

Voyez plutost.

LE TAILLEUR.

Oh! quel extravagant! Atchit!

GILLE.

Le Ciel t'assiste !

LE TAILLEUR.

Fort bien! Voicy, mon amy, comme il faut s'y prendre. Mais il est d'usage de chanter en travaillant. Allons, de la gayeté.

(*Le Maistre dit à Gille d'apporter une chaise, Gille la couche par terre et se met du costé de la paille. Le Maistre s'assied sur le dos. Il se met à chanter; Gille chante avec luy et dit en se levant : « Oh! la drosle de chanson! » Sitost que Gille se lève, le tailleur tombe par terre. Après avoir répété deux ou trois fois ce lazzi, arrive un esclave.*)

SCÈNE IX

LE TAILLEUR, GILLE, L'ESCLAVE.

[*LA SUCCESSION.*]

L'ESCLAVE.

Signori, vorrei sapere la casa d'un certo signore chi si chiama...

GILLE.

Quel diable de baragoüin est-ce cela? L'entendez-vous, nostre maistre?

LE TAILLEUR.

Ma foy, non!

GILLE.

Ny moy non plus. Voilà une drosle de figure. Dis-moy un peu, l'amy, est-ce que tu ne sçais pas parler françois?

L'Esclave.

Pardonnez, Mossiou, ma je lou parla mal.

Gille.

Eh! qu'importe! Parle comme tu pourras. Comment t'appelles-tu?

L'Esclave.

Je ne me pèle pas, Mossiou, je me rase.

Gille.

Oh! l'animal! Je te demande ton nom?

L'Esclave.

Il mio nome. Je n'en ay point, Mossiou.

Le Tailleur.

Tu n'as point de nom?

L'Esclave.

Non, Mossiou. En entrant dans sta paya, je fou condotto a una citadella. On m'y a fait laisser il mio nome, et, depuis ce temps, je n'ay plus de nom.

Gille.

Fort bien! Et, auparavant, comment t'appeloit-t'on?

L'Esclave.

Il mio padre si nomava Chit-Chit; la mia madre Hem-Hem-Hem; e mi preguen Stirlik Berlik, Abracadabra. Atchit!

Gille.

Le Ciel t'assiste! Quel diable de nom! Et d'où viens-tu à présent?

L'Esclave.

D'Étioupie.

Gille.

Du pays des toupies?

L'Esclave.

Non des toupies, Mossiou, ma d'Étioupie. J'ay passé chez les Truques.

Gille.

J'entens bien. Dans un pays où il y a des truffes.

L'Esclave.

Eh ! non, Mossiou.

Le Tailleur.

Il veut dire qu'en venant d'Étiopie il a passé chez les Turcs.

L'Esclave.

Si, signore. La son fatto schiavo, esclavo d'un certo mossiou chi venoit du Monomotapa.

Gille.

Oh ! pour ce pays-là, je le connois. J'y ay esté plus de vingt fois.

L'Esclave.

Au Monomotapa ?

Gille.

Ouy, Patapatapa. C'est le pays des tambours. Étant petit garçon, dans le carnaval, je suivois tous ceux qui marchoient dans Paris.

L'Esclave.

Ah ! ah ! Patapatapa ! Lou pays des bambous ! Je crève de rire. Ma quand jou pense à mon pauvre maistre, qui avoit esté dans sta pays, jou nou puis retenir mes larmes. Hy ! hy ! hy !

Gille.

Il pleure comme nostre asne brait.

L'ESCLAVE.

On pleure de sta manière chez les Truques. Ah! Mossiou! j'ay perdou un bon maistre!

GILLE.

Tu n'as qu'à faire battre le tambour. Tu le retrouveras peut-estre.

L'ESCLAVE.

Non, Mossiou, non. Le morto!

LE TAILLEUR.

Il est mort! Cela est fascheux.

L'ESCLAVE.

E ma donado la liberta, a conditione di venir à Paris, per chercher un de ses neveux qu'il a fatto son heritico universel.

LE TAILLEUR.

Il veut dire son héritier universel, son légataire.

L'ESCLAVE.

Ouy, Mossiou, et vede sto paquet que je dois remettre à sto nevod en mano propria.

LE TAILLEUR.

Pour luy remettre ce paquet en main propre.

GILLE.

Et, s'il les avoit sales, il n'auroit donc pas le paquet? Mais dis-moy, mon amy, combien laisse-t'il à son héritier? Cela va-t'il bien à cent écus?

L'ESCLAVE.

Piou de cent mille écus, Mossiou. Ma que la peste crève, que lou diable emporte sto Mossiou Gille Bambinois Cadet L'Aisné!

GILLE.

Parle donc, hé! animal! Sçais-tu bien que je suis

homme à te donner cent coups de pied dans le
ventre!

L'ESCLAVE.

E perquoy, Mossiou?

GILLE.

Et parce que c'est moy qui suis M. Gille Bambinois Cadet L'Aisné!

L'ESCLAVE.

Vous, Mossiou?

GILLE.

Ouy, moy, en propre original.

L'ESCLAVE.

Ah! Signore! que je suis houreux! Tenez, voilà
lou paquet que mon maistre m'a dit de vous remettre après sa mort.

GILLE.

Comment? Mon oncle t'a dit cela après sa mort?

LE TAILLEUR.

Et non! il luy aura dit apparemment de te le
remettre quand il seroit mort.

L'ESCLAVE.

Ouy, Mossiou.

GILLE.

Il est donc effectivement mort? Voyons, car je ne
veux pas que l'on me trompe. Comment s'appeloit-
il, mon oncle Monomotapa?

L'ESCLAVE.

On lou nommoit, Mossiou, lou petit Gillot.

GILLE.

Ah! diantre! Tiens, voilà ton paquet. Tu es un
fripon.

L'Esclave.

Mi un fripon ! E perquoy, Mossiou ?

Gille.

C'est que le petit Gillot, mon oncle, a esté pendu en maraude devant le siège d'Ostende.

L'Esclave.

E non, Mossiou, le morto à Stamboul, à Constantinopola. ·

Gille.

Qu'est-ce qu'il barbouille?

Le Tailleur.

Je crois qu'il dit que ton oncle est mort à Stamboul, auprès de Constantinople.

Gille.

En ce cas, les braves d'Ostende sont deux fripons. Mais je vais bien voir si ce drosle-là connoissoit mon oncle Gillot. N'est-il pas vray qu'il a eu moins de peine à mourir qu'un autre?

L'Esclave.

Le vero, Mossiou. Comme lera borgne, il n'a eu qu'un œil à fermer.

Gille.

L'enfant dit vrai. Et n'avoit-il point le sentiment que son neveu estoit un gros garçon bien fait, homme d'esprit?

L'Esclave.

Non, Mossiou, tout alcontrario, m'a ditto qu'il estoit mal fatto, uno bestia, uno ignorante, un butoro.

Gille.

Oh! mon oncle me connoissoit bien.

18

L'Esclave.

E vi cognosco a sto portrait.

Gille.

Et dis-moy, mon amy, où sont ces cent mille écus?

L'Esclave.

Dans sto paquet avec lo suo testamento.

Gille.

Cela est bien léger.

Le Tailleur.

Ce sont apparemment des lettres de change payables à veüe sur quelque bon banquier.

Gille.

Et si, par malheur, le banquier estoit aveugle?

Le Tailleur.

Cela n'y fait rien.

L'Esclave.

Tenez, Mossiou, voilà le paquet. Lisez.

Gille.

Oh! je sçais bien écrire, mais je ne sçais pas lire.

Le Tailleur.

Donnez, donnez. (*Il lit.*) « Mon neveu, avant que de mourir, j'ay fait remettre à M. Zigzag, banquier à Paris, cent mille écus qu'il vous payera, suivant les lettres de change que vous trouverez dans le paquet, avec mon testament, dont M. Parlaventrebleu, mon ancien voisin, est l'exécuteur testamentaire. Je le charge de vous marier de sa main et de vous placer dans un poste honorable. Rendez-vous-en capable et souvenez-vous de votre oncle, qui a changé le nom de petit Gillot, qu'il portoit, en celuy de Gille Legrand, premier du nom. »

GILLE.

Gille Legrand ? Oh! oh! Cela est bien honneste, au moins.

LE TAILLEUR.

Mais il faut récompenser ce garçon.

GILLE.

Cela est juste. Reviens dans huit jours. Or çà, nostre maistre, qu'est-ce que nous ferons de ces cent mille écus? Il me prend envie de devenir amou-reux de Mlle Isabelle.

LE TAILLEUR.

C'est sagement penser, mon amy. Vostre alliance ne peut que faire honneur à M. de Parlaventrebleu, et, si vous voulez, je me charge de la demander en mariage.

GILLE.

Vous me ferez grand plaisir.

LE TAILLEUR.

J'y vais de ce pas. Pendant ce temps, entrez dans l'arrière-boutique; vous y trouverez un habit qui ira, je crois, à votre taille. Je vous appelleray quand il en sera temps.

GILLE.

C'est, morguenne, bien penser. Allez donc viste, car je suis diablement amoureux. Je vais m'habiller en gentilhomme.

(Il rentre.)

SCÈNE X

LE TAILLEUR, LE MAISTRE.

Le Tailleur.

Toc, toc, toc.

Le Maistre.

Oh! c'est vous, mon voisin! Est-ce que vous seriez déjà mécontent de Gille? Ne voudriez-vous plus le garder?

Le Tailleur.

Ce n'est point cela qui me fait venir vous voir; mais un événement singulier est cause que ce garçon ne peut plus demeurer chez moy.

Le Maistre.

Quel est donc cet événement?

Le Tailleur.

Il est devenu amoureux, et je suis chargé de demander pour luy une fille en mariage.

Le Maistre.

Ah! ah! Voilà une folie nouvelle! Et vous espérez qu'on vous accordera cette fille?

Le Tailleur.

Sans doute.

Le Maistre.

Elle est jolie apparemment. Elle a du bien!

Le Tailleur.

Ouy! ouy!

LE MAISTRE.

Ma foy, mon pauvre voisin, vous estes plus fou que Gille mesme.

LE TAILLEUR.

Oh! que non; et vous en conviendrez quand je vous diray que c'est de Mlle Isabelle qu'il est devenu amoureux.

LE MAISTRE.

De ma fille! Le trait est excellent. Oh! vous avez raison... Comment refuser un tel gendre?

LE TAILLEUR.

Vous ne le refuserez pas!

LE MAISTRE.

Je n'auray garde.

LE TAILLEUR.

Mais je vous parle très sérieusement.

LE MAISTRE.

Je vous réponds sur le mesme ton.

LE TAILLEUR.

Voulez-vous parier que, quand je vous auray dit deux mots, vous changerez de langage.

LE MAISTRE.

Je ne veux pas parier, car je suis seur de gagner. Vous pouvez dire à M. Gille que je le trouve bien insolent.

LE TAILLEUR.

Doucement! point d'invectives. Mais si ce prétendu insolent se trouvoit, au moment que je vous parle, riche de cent mille écus?

LE MAISTRE.

Malepeste! C'est un beau resve!

LE TAILLEUR.

Je ne resve pas, mon cher voisin. Un oncle de Gille est mort dans la Turquie et l'a fait son héritier. On vient, en ma présence, de luy remettre le testament du défunt et les cent mille écus en bonnes lettres de change.

LE MAISTRE.

Oh! oh! voilà qui modifie la thèse.

LE TAILLEUR.

Eh bien! gagneriez-vous à présent?

LE MAISTRE.

Non, mais cecy mérite réflexion... Et vous m'assurez qu'il aime ma fille à la folie?

LE TAILLEUR.

A la folie.

LE MAISTRE.

Voilà une aventure bien singulière! Ce que je crains dans tout cecy, c'est que, malbasty comme il l'est, ma fille ne veuille pas l'épouser. Il faudroit commencer par l'habiller proprement.

LE TAILLEUR.

Cela est déjà fait.

LE MAISTRE.

Et il seroit à propos, pendant quelques mois, que Gille apprît à lire et à écrire, en un mot, qu'il prît des maistres pour le former, car vous m'avoüerez que c'est un rustre.

LE TAILLEUR.

J'en conviens, mais je ne doute pas qu'il n'accepte

vos propositions, et, si vous voulez, je vais luy porter vostre réponse.

LE MAISTRE.

Très volontiers.

(*Le tailleur sort.*)

SCÈNE XI

LE MAISTRE.

Voilà une fortune trop considérable pour que ma fille la refuse... Cent mille écus!... Elle roulera carrosse... Ouy, ouy, elle l'épousera, et je m'estimeray très heureux, si le mariage peut réussir. Mais voilà Gille! Il n'est point mal comme cela... Ma foy, il a bonne mine.

SCENE XII

LE MAISTRE, LE TAILLEUR, GILLE.

GILLE.

M. d'Ostrogrelot m'apprend, nostre maistre, que vous voulez bien avoir l'honneur d'estre mon beau-père... Dame, j'iray droit en besogne avec Mlle Isabelle. Elle ne se plaindra morguenne pas de moy.

LE MAISTRE.

Monsieur Gille, je suis ravi de vostre bonne fortune,

et que vous vouliez la partager avec ma fille. Mais je voudrois bien que vous pussiez, auparavant, vous défaire de certaines façons de parler basses et indécentes. M. Ostrogrelot vous a expliqué mes intentions là-dessus.

GILLE.

Ouy, il m'a dit que vous vouliez me donner des maistres; j'aimerois mieux, moy, que vous me baillissiez des laquais.

LE MAISTRE.

Vous en aurez aussy. Mais, afin que ces drosles ne se moquent pas de vous, il seroit nécessaire que vous vous défissiez d'un jargon aussy ridicule que celuy dont vous vous servez.

GILLE.

Eh bien! les maistres n'ont qu'à venir. Vous verrez comme je me rendray bientost capable.

LE MAISTRE.

Il vous en faudra de plus d'une espèce.

GILLE.

Qu'est-ce que cela me fait? Ça m'amusera.

LE TAILLEUR.

C'est fort bien dit. Voyez, mon voisin, comme l'amour rend docile. Si vous le voulez, je me charge de vous envoyer tous les maistres dont M. Gille aura besoin.

GILLE.

Très volontiers.

LE MAISTRE.

Vous me ferez grand plaisir. (*Le tailleur sort.*) Allons, mon gendre, entrons. Venez vous reposer et saluer ma fille. Elle sera bien estonnée de vous savoir si riche et si amoureux d'elle. Après le dîner, vous aurez plus de force pour prendre vos leçons.

GILLE.

Entrons, beau-père !

ACTE II

SCÈNE PREMIÈRE

LE MAISTRE, GILLE, UN NOTAIRE.

[LE CONTRAT DE MARIAGE DE GILLE.]

LE NOTAIRE.

Voilà apparemment M. vostre gendre futur? Cela fait un bon gros réjouy et je ne doute pas que Mlle vostre fille n'en soit très contente.

GILLE.

Oh! j'en suis bien seur. Je suis un fier compère.

LE NOTAIRE.

Voilà, Monsieur, le contrat de mariage tout dressé. Il n'y a qu'à remplir les noms et les sommes. Voulez-vous que j'en fasse la lecture?

LE MAISTRE.

Volontiers, Monsieur.

LE NOTAIRE.

S'il y avoit quelque chose à rectifier, cecy ne serviroit que de modèle :... « Furent présens... »

GILLE.

Doucement, Monsieur le tabellion. Qui est-ce qui furent présens?

LE NOTAIRE.

C'est vous, Monsieur, et la future.

GILLE.

Et pourquoy ne mettez-vous pas : « Sont présens? »

LE NOTAIRE.

C'est le style.

GILLE.

C'est le style? Mauvais style! Et qu'est-ce que c'est, s'il vous plaist, que *la future?*

LE NOTAIRE.

C'est celle que vous devez épouser.

GILLE.

Elle ne s'appelle pas Mlle Future.

LE NOTAIRE.

Eh! non, Monsieur; future, c'est-à-dire celle qui un jour sera vostre femme.

GILLE.

J'entends! Et pourquoy faut-il que cette future et moy nous soyons présens à cela?

LE NOTAIRE.

Parce que, le contrat de mariage se passant entre elle et vous, il faut que vous le signiez l'un et l'autre, et, par conséquent, que vous y soyez présens.

GILLE.

Cela est drosle!

LE NOTAIRE.

« Furent donc présens »... Vostre nom, s'il vous plaist?

GILLE.

Pourquoy faire?

LE NOTAIRE.

Pour le mettre sur le contrat.

GILLE.

Voilà qui est plaisant! On ne peut pas me marier sans que je soye présent et sans mettre mon nom?

LE NOTAIRE.

Je vous l'ay déjà dit, Monsieur, cela est impossible... Vostre nom?

GILLE.

Gille.

LE NOTAIRE.

Gille tout court?

GILLE.

Non. Tout long.

LE NOTAIRE, *écrivant.*

Gille Toutlong. C'est apparemment vostre nom de famille.

GILLE.

Moy? Je n'ay pas de famille.

LE NOTAIRE.

Mais comment s'appeloit vostre père?

GILLE.

Il s'appeloit Gille Bambinois L'Aisné.

LE NOTAIRE.

Eh bien! voilà donc vostre nom de famille. C'est Bambinois!... Gille Bambinois.

GILLE.

Ouy, mais il faut ajouter Cadet L'Aisné.

LE NOTAIRE.

Cela ne se peut pas. Si vous estes le cadet vous n'estes point l'aisné.

GILLE.

Ah! vous estes une beste, Monsieur le tabellion. On m'appeloit d'abord Cadet, parce que j'avois un frère aisné; il mourut, je devins l'aisné et le cadet. Et, depuis, on m'a toujours appelé Cadet L'Aisné.

LE NOTAIRE.

Soit! Gille Bambinois Cadet L'Aisné. Vos qualités?... Escuyer?

GILLE.

Non!

LE NOTAIRE.

Chevalier?

GILLE.

Qu'est-ce à dire?

LE NOTAIRE.

C'est à dire gentilhomme de race ancienne.

GILLE.

Oh! très ancienne! aussi ancienne que la foire!

LE NOTAIRE.

« Chevalier de race aussy ancienne que la foire »... Le nom de vos père et mère?

GILLE.

Comment? Il faut encore dire cela?

LE NOTAIRE.

Ouy, Monsieur, cela est essentiel.

GILLE.

Mon père s'appeloit Alexandre, Jules, César, Marc-Anthoine Bambinois L'Aisné.

LE NOTAIRE, *après avoir écrit et répété ces noms.*

Et madame son épouse?

19

GILLE.

On nommoit ma mère Christoflette Croquesole.

LE NOTAIRE.

Elle demeuroit apparemment dans un port de mer?

GILLE.

Ouy, Monsieur, elle demeuroit dans la halle, auprès du pilory.

LE NOTAIRE *répète le nom.*

Vous estes majeur?

GILLE.

Qu'est-ce que cela veut dire?

LE MAISTRE.

Monsieur vous demande si vous avez vingt-cinq ans.

GILLE.

Attendez, que je compte : j'ay esté treize ans en nourrice et douze ans à l'escole...

LE MAISTRE.

Cela fait juste vingt-cinq ans.

LE NOTAIRE.

Majeur, procédant sous l'autorité de sesdits père et mère.

GILLE.

Expliquez-moy cela!

LE NOTAIRE.

Cela veut dire que vos père et mère consentent à vostre mariage et vous autorisent à le contracter.

GILLE.

Bon! Il y a plus de trente ans qu'ils sont morts!

LE NOTAIRE.

Trente ans! Je n'y comprens rien. Il faut donc rayer cela. A présent, passons à la signature.

LE MAISTRE.

Monsieur, ma fille s'appelle Simonne-Polycarpe-Ouinifride-Isabelle de Parlaventrebleu.

LE NOTAIRE *écrit*.

A-t'elle père et mère?

GILLE.

Oh! quel imbécile! Est-ce que tu ne vois pas son père?

LE NOTAIRE.

Monsieur, vous estes peu mesuré dans vos paroles.

LE MAISTRE.

Ne prenez pas garde à ce que dit mon gendre; il est jovial. Ma femme ne vit plus. Mais ma fille est majeure.

LE NOTAIRE.

Par conséquent, on peut la dire : Osante et jouissant de ses droits.

GILLE.

De ses droits? Qu'est-ce que cela signifie?

LE NOTAIRE.

Qu'elle peut, en quelque façon, disposer de sa personne, de sa volonté, de ses biens.

GILLE.

Passe pour cela.

LE NOTAIRE, *lisant*.

« Lesquelles parties, en présence et assistées de leurs parens et amys... » On laisse icy en blanc huit ou dix lignes pour remplacer leurs noms... « Ont volontairement reconnu et confessé avoir fait et accordé ensemble ce qui suit. C'est à savoir qu'ils ont promis de se prendre en foy et loy de mariage... et cætera... »

GILLE.

Rayez cela, s'il vous plaist, Monsieur. Je veux parler tant qu'il me plaira.

LE NOTAIRE.

Et qui vous en empeschera?

GILLE.

Ne venez-vous pas de dire : et se taira ?

LE NOTAIRE.

Ah! ah! cela est comique. J'ay dit et cætera, c'est-à-dire qu'il y a une phrase qui est purement de style... Il y aura apparemment communauté de biens?

LE MAISTRE.

Ouy, et surtout donation. Vous entendez ?

LE NOTAIRE.

Ouy, Monsieur. (A Gille.) Qu'est-ce que vous apportez en mariage ?

GILLE.

Parbleu, Monsieur le tabellion, vous estes bien curieux.

LE NOTAIRE.

Mais, Monsieur, il faut le mettre sur le contrat.

LE MAISTRE.

Monsieur, mon gendre est riche de cent mille écus.

LE NOTAIRE.

Cent mille écus !

GILLE.

Tout autant.

LE NOTAIRE.

Et qu'est-ce que la future a devant elle ?

GILLE.

Voilà, parbleu, une plaisante demande ! Elle a ce que toutes les autres y ont.

LE NOTAIRE.

Je vous demande, Monsieur, ce qu'elle apporte en mariage ?

GILLE.

Ah ! c'est une autre affaire ! Il faut le demander au beau-père.

LE MAISTRE.

Monsieur, du chef de sa mère, elle a une pièce de terre située au territoire de la Motte.

LE NOTAIRE.

Fort bien ! Est-ce du bled qu'elle porte ?

LE MAISTRE.

Non, Monsieur, c'est un pré, et une fontaine au bas de ce pré.

LE NOTAIRE, *répète*.

Rapportant, le tout, par an ?

LE MAISTRE.

Je ne sais pas absolument.

GILLE.

Tant vaut la femme, tant vaut la terre.

LE NOTAIRE.

Fort bien!... Les tenans et aboutissans de cette
terre?

LE MAISTRE.

Tout le monde vous dira cela sur le lieu.

LE NOTAIRE.

Il faut donc laisser icy un blanc pour le remplir.
Le préciput est égal. Il faut mettre dix mille francs.

LE MAISTRE.

Va. Dix mille francs!

LE NOTAIRE.

Passons maintenant au doüaire.

GILLE.

Qu'est-ce que cette beste-là?

LE NOTAIRE.

Le doüaire est une récompense que le mary
donne à sa femme pour le prix des faveurs qu'il
est en droit d'exiger d'elle et qu'elle ne peut plus
légitimement luy refuser. Nos autheurs appellent
le doüaire : *Præmium delibatæ vel defloratæ
virginitatis*, assez mal à propos, puisqu'on en
accorde aussy aux veuves qui ne sont pas dans le
cas.

GILLE.

La peste vous crève, Monsieur le tabellion, si je
comprens rien à ce que vous venez de dire! Mais,
enfin, quel est donc ce cas?

LE NOTAIRE.

Est-ce que ces messieurs n'entendent pas le latin?

GILLE..

Je n'en sçais pas un mot, et je crois que le beau-père n'en sçait guère davantage.

LE MAISTRE.

Je l'ay sceu autrefois; mais, ma foy, je l'ay oublié.

LE NOTAIRE.

Celuy que je viens de vous citer n'est pas aisé à vous expliquer sans une paraphrase... C'est, Monsieur, la récompense de ce qu'une fille accorde à son mary, qu'elle ne peut luy donner qu'une fois, et qu'une veuve ne peut plus luy apporter.

GILLE.

L'un est tout aussy clair que l'autre.

LE MAISTRE.

Pour moy je comprens bien.

GILLE.

Tant mieux pour vous, beau-père.

LE MAISTRE.

Monsieur, mettez 4,000 francs de doüaire par an.

GILLE.

Mets tout ce que tu voudras.

LE MAISTRE.

Il y a, outre ce, la donation de tous ses biens pour la bonne amitié...

LE NOTAIRE.

Ouy, Monsieur, je vais dans mon cabinet rédiger ce contrat et le faire mettre au net. (A Gille.) Monsieur, il y a là de l'ouvrage, et cela coustera de l'argent.

GILLE.

Eh! Allez toujours vostre chemin, Monsieur le tabellion, vous serez bien payé.

LE NOTAIRE.

Je n'en doute pas, Monsieur.

(*Il sort.*)

GILLE.

Beau-père! je crois que ce sera assez pour le tabellion de 24 sols.

LE MAISTRE.

Fy donc! Vous n'y pensez pas.

GILLE.

Parbleu! J'en ferois écrire autant sous le charnier pour une pièce de 12 sols.

LE MAISTRE.

Il ne s'agit pas de cela à présent. On heurte. C'est apparemment un de vos maistres que M. d'Ostrogrelot vous envoye.

GILLE.

Il a l'air bien lugubre.

SCÈNE II

[*LE MAISTRE DE GRAMMAIRE.*]

LE MAISTRE, GILLE,
UN MAISTRE DE GRAMMAIRE.

LE MAISTRE.

Que souhaitez-vous, Monsieur?

LE MAISTRE DE GRAMMAIRE

Je viens, Monsieur, de la part de M. d'Ostro-grelot.

. LE MAISTRE.

Monsieur, voilà l'escolier dont on vous a parlé.

LE MAISTRE DE GRAMMAIRE.

Je vois bien, Monsieur, que vous voulez plaisanter. Il n'est pas sensé, naturel, qu'un jeune gentilhomme de cet âge ait besoin de mes leçons.

LE MAISTRE.

Pardonnez-moy, il est resté orphelin très jeune et ses parens l'ont beaucoup négligé. C'est pourtant un homme de condition.

GILLE.

Il est vray. Je suis entré, dès l'âge de dix ans, en condition, et je n'en serois pas plus avancé, sans la succession de mon oncle.

LE MAISTRE.

Oh! quel butor! Il veut dire qu'il est entré au service.

GILLE.

Eh, ouy! C'est la mesme chose.

LE MAISTRE.

Comme ma présence ne vous est pas icy nécessaire, je me retire. Vous pouvez, Monsieur, donner vostre leçon à vostre escolier.

SCÈNE III

LE MAISTRE DE GRAMMAIRE, GILLE.

LE MAISTRE DE GRAMMAIRE.

Vous sçavez sans doute, Monsieur, qu'il y a vingt-quatre lettres dans l'alphabet?

GILLE.

Non, Monsieur, je n'en sçais pas un mot et ne me soucie guère de le sçavoir.

LE MAISTRE DE GRAMMAIRE.

Mais il faut commencer par la grammaire.

GILLE.

Fy donc! Que voulez-vous que je fasse d'une grand'mère? J'aimerois cent fois mieux une petite fille.

LE MAISTRE DE GRAMMAIRE.

Vous badinez. Je vois bien que vous estes dejà instruit, et que la rhétorique vous plairoit davantage.

GILLE.

Je ne la connois pas.

LE MAISTRE DE GRAMMAIRE.

Vous n'ignorez pas, Monsieur, que c'est l'art de parler.

GILLE.

Si cela est, je n'en ay pas besoin. Je parle assez.

LE MAISTRE DE GRAMMAIRE.

Mais que souhaitez-vous donc apprendre?

GILLE.

Ma foy, je n'en sçais rien. Il faudroit d'abord sçavoir lire.

LE MAISTRE DE GRAMMAIRE.

Comment! vous ne sçavez pas lire?

GILLE.

Non, Monsieur, et je ne m'en soucie guère. Je
voudrois seulement connoistre des histoires.

LE MAISTRE DE GRAMMAIRE.

Vous voudriez connoistre l'histoire?

GILLE.

Ouy, Monsieur, pour les conter à ma maîtresse.

LE MAISTRE DE GRAMMAIRE.

Laquelle voulez-vous sçavoir?

GILLE.

Celle qui vous plaira, cela m'est indifférent.

LE MAISTRE DE GRAMMAIRE.

Est-ce celle des Égyptiens?

GILLE.

Non.

LE MAISTRE DE GRAMMAIRE.

Des Assyriens?

GILLE.

Non.

(*Le Maistre luy nomme toutes les nations, et Gille répond
toujours : Non.*)

LE MAISTRE DE GRAMMAIRE.

Laquelle voulez-vous donc?

GILLE.

Je voudrois sçavoir des histoires... là... de ces
femmes galantes... Vous m'entendez bien.

LE MAISTRE DE GRAMMAIRE.

Ohimé! Ah! mon amy, ne voyez jamais l'histoire
des femmes; c'est un basilic dont la vue seule cause
la mort. Tous nos livres sont pleins des maux
qu'elles ont causés dans le monde. Si vous sçaviez
lire, vous verriez dans la fable que Pandore ouvrit
par curiosité une boiste d'où sortirent toutes les maladies et tous les maux qui se répandirent sur le
genre humain.

GILLE.

Quoy! toutes les maladies et tous les maux estoient renfermés dans une boiste. Vous vous moquez
de moy.

LE MAISTRE DE GRAMMAIRE.

Non, mon amy. Les Romains triomphent surtout
quand ils racontent les débordemens des femmes, et
principalement, de celles de quelques-uns de leurs
empereurs, par exemple de Messaline, femme de
l'empereur Claude.

GILLE.

Un Claude qui avoit épousé une marchande de
saline.

LE MAISTRE DE GRAMMAIRE.

Eh! non, mon amy. Cette impératrice se soüilla
et s'acquit une réputation des plus infâmes par les
désordres les plus honteux, par l'impudicité la plus
marquée, et, comme dit fort bien Juvénal : *Et las-
sata viris, nondum satiata, recessit.*

GILLE.

Cela est beau! Qu'est-ce que ça signifie?

LE MAISTRE DE GRAMMAIRE.

Cela veut dire que cette femme estoit d'une débauche si outrée qu'elle estoit plus fatiguée que rassasiée de l'excès des plaisirs... Quand Agrippine n'auroit fait que donner la vie à l'empereur Néron, le plus détestable et le plus cruel de tous les hommes...

GILLE.

Oh! avec vostre permission, voilà une droslesse qui me plaist fort. Elle s'appeloit, dites-vous?

LE MAISTRE DE GRAMMAIRE.

Agrippine.

GILLE.

Eh bien! Monsieur, je veux donner ce nom-là à ma maîtresse. Je veux, sitost que je seray marié, que Mlle Isabelle se nomme Mlle Agrippine.

LE MAISTRE DE GRAMMAIRE.

Vous vous feriez moquer de vous. Ce nom est trop connu dans l'histoire. Je vous ay dit que cette femme estoit mère de l'empereur Néron.

GILLE.

Je gage que cet empereur-là n'avoit pas le nez pointu.

LE MAISTRE DE GRAMMAIRE.

Pourquoy?

GILLE.

Eh! parguenne! son nom le dit : Nez rond.

LE MAISTRE DE GRAMMAIRE, *aparté*.

Quelle ignorance crasse! (*Haut.*) Je vous répète encore que c'estoit son nom et non pas la dési-

gnation de la forme de son nez... Que n'a-t'on pas
dit encore de Poppée, que Néron aimoit avec tant de
fureur?

GILLE.

Comment? Cet empereur Néron s'amusoit à jouer
à la poupée?

LE MAISTRE DE GRAMMAIRE.

Eh! non, Monsieur, non. Poppée estoit une dame
romaine qui devint femme de Néron. Elle fut aussy
illustre par sa beauté que par les désordres de sa vie.
Excepté la pudeur, elle avoit receu tous les avan-
tages de la nature. Libertine, dissolue, elle s'aban-
donnoit à la débauche la plus marquée, et, pour se
rendre la peau d'une finesse et d'une blancheur ex-
cessives, elle se faisoit accompagner dans tous ses
voyages par cinq cents asnesses dans le lait des-
quelles elle se baignoit tous les jours.

GILLE.

Voilà de belles histoires que je raconteray à ma
maîtresse. Mlle Claude, qui avoit épousé Néron, dont
elle eut une poupée qu'ils marièrent avec un marchand de saline dont la fille s'appeloit Agrippine.
Vous voyez bien que j'ay de la mémoire!

LE MAISTRE DE GRAMMAIRE, *aparté*.

Quel butor! quelle beste! (*Haut.*) Ouy, mon amy,
vous me paroissez avoir beaucoup de dispositions
pour apprendre l'histoire. Je reviendray dans peu vous
donner une seconde leçon. (*Aparté.*) On m'assure que
je seray bien payé, que m'importe?

GILLE.

Adieu, Monsieur, je vous feray honneur! Allez, laissez-moy faire.

LE MAISTRE DÉ GRAMMAIRE.

Serviteur.

SCÈNE IV

GILLE, UN MAISTRE A DANSER.

[*LE MAISTRE A DANSER.*]

LE MAISTRE A DANSER.

Est-ce icy la demeure de M. de la Gillotinière?

GILLE.

Ouy, Monsieur, c'est moy-mesme. Mon beau-père m'a donné ce nom qu'il dit estre plus beau que celuy de Gille.

LE MAISTRE A DANSER.

Je suis ravi, Monsieur, de vous trouver. Je viens pour vous donner une petite leçon.

GILLE.

Volontiers, Monsieur; de quoy s'agit-il?

LE MAISTRE A DANSER.

Vous n'avez pas l'air à la danse. Cependant je me flatte qu'avant qu'il soit peu, vous serez un de mes meilleurs escoliers.

GILLE.

Je ne demande pas mieux.

LE MAISTRE A DANSER.

Allons, Monsieur, levez la teste, reculez le ventre.

Vos pieds en dehors. Effacez-moy cette épaule. Vos bras ainsy collés. Mais vous estes d'un roide étonnant.

GILLE.

Tant mieux, Monsieur; je vais me marier, afin que vous le sçachiez.

LE MAISTRE A DANSER.

Je vous en félicite. Mais il faut avoir le corps un peu plus souple. Vous passez d'une extrémité à l'autre. Soutenez-vous donc. Cela n'est pas mal. Allons, pliez le pied gauche. Levez-vous et partez du pied droit. (*Gille s'enfuit.*) Où allez-vous donc?

GILLE.

Vous me dites de partir.

LE MAISTRE A DANSER.

C'est-à-dire de couler le pied droit en avant.

GILLE.

Eh! dites-moy, s'il vous plaist, à quoy bon tout cela?

LE MAISTRE A DANSER.

Il est essentiel pour un jeune gentilhomme comme vous de sçavoir danser, et ce sont les premiers élémens de la danse que je veux vous montrer. Mais, vraiment, j'oubliois le principal! Vous sçavez faire la révérence, apparemment?

GILLE.

Parguenne! il faudroit que je fusse bien beste, si je ne le sçavois pas!

LE MAISTRE A DANSER.

Voyons comme vous vous y prenez.

GILLE.

Tenez, la voilà !

LE MAISTRE A DANSER.

Eh ! fy donc ! Ce n'est pas le tout que de faire la
révérence, il faut la faire avec grâce. Tenez, Monsieur, voicy comme on se pose : on dégage le pied
gauche, on incline doucement le corps et l'on avance
le pied droit de cette façon.

GILLE.

Voilà bien du mystère.

LE MAISTRE A DANSER.

Voyons à présent comment vous vous y prenez.

GILLE.

Oh ! en voilà assez pour aujourd'huy, c'est-à-dire
pour le présent. Revenez, si vous voulez, dans une
heure. (*Aparté.*) Tout cela commence à m'ennuyer.

LE MAISTRE A DANSER.

Très volontiers. Dans une heure.

SCÈNE V

GILLE, UN MAISTRE D'ARMES.

*Il vient un maistre d'armes qui donne une leçon à Gille,
dans le goût de celle de Molière (LE BOURGEOIS GENTIL-
HOMME).*

20.

SCÈNE VI

[*LE MAISTRE DE CIVILITÉ.*]

GILLE, UN MAISTRE DE CIVILITÉ.

LE MAISTRE DE CIVILITÉ.

Je parle, je crois, à M. le marquis de la Gillotinière.

GILLE.

Diantre ! marquis ! Ouy, Monsieur, c'est moy-
mesme.

LE MAISTRE DE CIVILITÉ.

Monsieur, je suis charmé que l'on m'ait procuré
pour escolier un jeune gentilhomme aussy aimable.

GILLE.

Ah ! Monsieur, vous vous moquez. Vous voulez
rire.

LE MAISTRE DE CIVILITÉ.

Non, ma foy. Vous avez un air distingué, et il y
a peu de cavaliers en France qui puissent se vanter
de vous valoir quand vous aurez passé par mes
mains.

GILLE.

Voilà un homme qui me plaist, celuy-là.

LE MAISTRE DE CIVILITÉ.

Ce m'est beaucoup d'honneur.

GILLE.

Qu'est-ce que vous enseignez, Monsieur ?

LE MAISTRE DE CIVILITÉ.

Je donne la bonne grâce, les bonnes façons. Je montre la politesse, la civilité, et cela en me joüant.

GILLE.

C'est ce qu'il me faut.

LE MAISTRE DE CIVILITÉ.

Par exemple, vous n'êtes pas bien sur vos jambes. Voicy à peu près comme il faut se poser pour avoir un certain air. Voyez!... Cecy est pour la bonne grâce... A l'égard de la politesse, elle consiste dans des discours prévenans. Regardez comme je vous aborde. « Eh! bonjour, mon cher marquis,... il y a un siècle que je ne t'ay vu! Ouy, un siècle... » Que cherchez-vous donc?

GILLE.

Je cherche ce marquis à qui vous parlez et je ne vois personne. (*Aparté.*) Ma foy, cet homme-là est fou!

LE MAISTRE DE CIVILITÉ.

Mais c'est à vous à qui je porte la parole.

GILLE.

Moy, Monsieur, je ne suis pas marquis... Ah! ouy, vraiment! je le suis : marquis de la Gillotinière. Je l'avois déjà oublié.

LE MAISTRE DE CIVILITÉ.

Quand vous ne le seriez pas, il faut vous imaginer que vous l'estes... Eh bien, que me répondez-vous?

GILLE.

C'est bien aisé : « Passez vostre chemin, mon amy, je ne vous connois pas. »

Le Maistre de civilité.

Comment ?

Gille.

Dame ! je ne vous ay jamais vu.

Le Maistre de civilité.

Cecy est une fiction, et ce n'est pas ainsy qu'il faut répondre. Voicy à peu près ce qu'il faut me dire... « Eh ! c'est toy, mon cher chevalier ! Que j'ay de plaisir à te voir ! Il y a quinze jours que tu as disparu de la cour. Ah ! petit fripon, tu viens de quelque bonne fortune. »

Gille.

Quoy ! il faudra que je dise tout cela ?

Le Maistre de civilité.

A peu près... Mais, je vous prie, qu'est-ce que fait vostre chapeau sur vostre teste ?

Gille.

Voilà une plaisante demande. — Eh ! parguenne, il la couvre.

Le Maistre de civilité.

Fort bien ! Mais cela est malhonneste. Vous voyez que j'ay le mien à la main.

Gille.

Ça n'y fait rien !

Le Maistre de civilité.

Comment, ça n'y fait rien ? Cela est très essentiel.

Gille.

Eh bien ! je l'osteray.

Le Maistre de civilité.

Voyons comment vous vous y prendrez. « Il faudra, mon cher marquis, que tu voles à Versailles pour faire ta cour... » Ostez donc vostre chapeau.

GILLE.

Ah ! ouy, ouy.

LE MAISTRE DE CIVILITÉ.

Vous le remettez aussitost.

GILLE.

Je n'y faisois pas attention.

[*TARATAPA, EOUS.*]

LE MAISTRE DE CIVILITÉ.

Eh bien ! je sçais un moyen de vous en faire ressouvenir avec deux mots seulement.

GILLE.

Avec deux mots ? Ça n'est pas possible !

LE MAISTRE DE CIVILITÉ.

Vous allez voir. Voicy ces deux mots : *Taratapa, Eoüs.* Quand, en vous parlant, je prononceray *Taratapa*, cela voudra dire : « Ostez vostre chapeau, » et quand je diray *Eoüs*, vous le remettrez sur vostre teste. Vous concevez bien cela. *Taratapa*, on oste son chapeau ; *eoüs*, on le remet.

GILLE.

Oh ! que ouy. C'est fort plaisant !

LE MAISTRE DE CIVILITÉ.

Soyez donc attentif à ces deux mots : *Taratapa, Eoüs*... : « Ah ! mon cher amy, j'étois en peine de ta santé. » Taratapa, taratapa.

(*Il donne de la batte sur la teste de Gille.*)

GILLE.

Ah! vous avez raison. Taratapa veut dire : ostez vostre chapeau. J'y suis.

LE MAISTRE DE CIVILITÉ.

« Je t'assure que je suis ravi de te voir. Mais tu me parois un peu enrhumé... Tu fais des façons avec moy... Eh! fy donc! » *Eoüs.* (*Il luy donne de la batte sur les doigts.*) Mettez donc vostre chapeau.

GILLE.

Ah! ouy, ouy.

LE MAISTRE DE CIVILITÉ.

« Te voilà beau comme l'Amour. Toutes les dames de la cour vont estre folles de toy... Quel est ton perruquier? Ma foy! tu es coiffé à ravir. » *Taratapa, taratapa!*

GILLE.

J'ay tort. Quelle chienne de mémoire!

LE MAISTRE DE CIVILITÉ.

« Ne t'avise pas de faire le cruel avec elles, et, surtout, avec la jeune comtesse de Mirlibabo. Je sçais qu'elle t'aime à la rage... Tu tousses... » *Eoüs, eoüs, eoüs.*

GILLE.

Ouy, ouy, j'entends.

LE MAISTRE DE CIVILITÉ.

Cela n'est pas difficile, comme vous voyez. Adieu, mon amy. *Taratapa.* Fort bien. *Eoüs!* A merveille! Voilà, Monsieur, un petit échantillon de la politesse et de la civilité. Quand vous n'auriez appris, aujourd'huy, qu'à mettre et à oster vostre chapeau, c'est beaucoup. A demain, à pareille heure.

LE GILLE.

Soit! à demain.

LE MAISTRE DE CIVILITÉ.

Je vous souhaite le bonsoir. *Taratapa.*

GILLE.

Oh! je n'y seray plus attrapé. Je vous remercie.

LE MAISTRE DE CIVILITÉ.

Il ne se peut rien de mieux... et je suis vostre très humble serviteur. *Eoüs.*

(*Le Maistre de civilité revient avec sa batte. Gille remet son chapeau.*)

GILLE.

Oh! parguenne! j'ay pensé l'oublier. *Taratapa. Eoüs.* Cela est comique.

SCÈNE VII

GILLE, LE MAISTRE A DANSER, LE MAISTRE DE GRAMMAIRE.

GILLE.

Ah! Messieurs, vous arrivez fort à propos pour me donner une seconde leçon.

LE MAISTRE A DANSER.

Ouy, Monsieur, et j'espère qu'elle sera un peu plus utile que la première.

LE MAISTRE DE GRAMMAIRE.

Pour moy, je ne compte que vous avoir légèrement débourré.

GILLE.

Eoüs, eoüs, eoüs.

LE MAISTRE A DANSER.

Plaist-il, Monsieur?

GILLE.

Eoüs, eoüs.

LE MAISTRE DE GRAMMAIRE.

Quel langage est-ce là?

GILLE.

Eoüs, eoüs, eoüs.

(*Il les rosse.*

LE MAISTRE A DANSER.

Qu'est-ce à dire, Monsieur? estes-vous devenu fou?

(*Ils mettent tous deux leurs chapeaux sur leurs têtes.*)

GILLE.

Cela va bien ainsy. (*Au Maistre de grammaire.*) « Or çà, mon cher comte, tu arrives donc de la cour ? »

LE MAISTRE DE GRAMMAIRE.

Moy? je n'y ai jamais mis le pied.

GILLE, *au Maistre à danser.*

« Eh! chevalier, te voilà beau comme le jour. »

LE MAISTRE A DANSER.

Mais il y a de l'extravagance dans ces discours.

GILLE.

Non, c'est une espèce de comparaison. Mais,

Messieurs, il me paroist que vous ne sçavez pas autrement la civilité.

LE MAISTRE DE GRAMMAIRE.

Pour moy, je me pique de la sçavoir et je l'enseigne tous les jours.

LE MAISTRE A DANSER.

A mon égard, je m'en suis toujours fait une estude, et c'est l'apanage des gens de ma profession.

GILLE.

Il n'y paroist pas assurément. *Taratapa*, *taratapa*, *taratapa*.

(Il les rosse.)

LE MAISTRE A DANSER *et* **LE MAISTRE DE GRAMMAIRE.**

Mais, Monsieur.

(Ils ostent leurs chapeaux.)

GILLE.

Ah! vous commencez à comprendre le *taratapa*.

LE MAISTRE A DANSER.

Non; mais je commence à me fascher, et je pourrois bien vous donner sur les oreilles.

GILLE.

« Toutes les dames courent après vous, Marquis; elles sont folles de vous, Chevalier. Mais vous me paroissez enrhumés. » *Eoüs, eoüs, eoüs.* Mettez donc vostre chapeau.

LE MAISTRE DE GRAMMAIRE.

Il a perdu son bon sens. C'est un homme à faire enfermer.

(Ils mettent leurs chapeaux.)

'21

GILLE.

Vous sçavez à présent la civilité aussy bien que moy. *Taratapa*, ostez vostre chapeau ; *eoüs*, mettez vostre chapeau. Cela n'est pas bien difficile à apprendre.

LE MAISTRE´A DANSER.

La peste soit de l'imbécile !

(*Il sort.*)

LE MAISTRE DE GRAMMAIRE.

Aux Petites-Maisons, mon amy.

(*Il sort.*)

SCÈNE VIII

GILLE, L'AMANT DÉSESPÉRÉ.

[*L'AMANT DÉSESPÉRÉ.*]

L'AMANT. (*Il oste toujours et remet son chapeau à propos ; aussy Gille a toujours sa batte en l'air sans le frapper.*)

Quoy ! ingrate Marinette ! après six mois d'absence, c'est là l'accueil que je reçois de vous ? Ah ! perfide !

GILLE.

Taratapa!

L'AMANT.

C'en est trop. N'espérez pas me séduire par vos discours.

GILLE.

Eoüs.

L'AMANT.

Loin de témoigner la moindre joye de me revoir, j'aperçois à vos pieds un indigne rival!

GILLE.

Taratapa.

L'AMANT.

Vous ne m'attendiez pas, traîtresse! On me l'avoit bien mandé que vous faisiez trophée de vostre inconstance.

GILLE.

Eoüs.

L'AMANT.

Mais, après tous vos sermens, pouvois-je ajouter foy à de pareils avis? Eh bien, scélérate! je n'ay paru tranquille aux yeux de vostre nouvel amant que pour mieux cacher ma fureur.

GILLE.

Taratapa.

L'AMANT.

Je suffoque.

GILLE.

Eoüs.

L'AMANT.

Je suis au désespoir.

GILLE.

Taratapa.

L'AMANT.

La rage m'aveugle.

GILLE.

Eoüs. Oh! ma foy, voilà le plus civil de tous les hommes.

L'AMANT.

Mais, il sortira... Ah! j'aperçois le traître qui m'enlève vostre cœur. Il faut qu'il ait ma vie ou qu'il périsse de ma main. Allons, lasche, défens-toy!

GILLE.

Prenez garde à ce que vous faites, Monsieur; je ne suis pas ce que vous pensez.

L'AMANT.

Je ne viens pas, malheureux, de te voir aux pieds de Marinette?

GILLE.

Non, ou la peste me crève! Je m'appelle La Gillotinière, et je ne connois pas vostre maîtresse.

L'AMANT.

Ah! coquin, tu feins de ne la pas connoistre. Tu as une épée au costé, et tu n'oses la tirer! Eh bien! e veux te faire expirer sous le bâton.

(*Il rosse Gille.*)

GILLE.

Au secours! au secours! A moy! Au guet! A la livrée! Ah! je suis brisé! Gagnons au pied. C'est le plus court.

ACTE III

SCÈNE PREMIÈRE

GILLE, *un peu plus loin* M. GARGOT.

[*LE REPAS DE NOPCE.*]

GILLE.

Ma foy, je suis bien las de tous ces chiens de
maistres-là. En voilà un qui m'a pensé couster la
vie avec son taratapa-eoüs. Si je n'avois pas pris
mes jambes à mon col, j'estois, ma foy, trépassé. Ah!
voilà le traiteur qui doit faire le repas de ma nopce.
Bonjour, Monsieur Gargot.

M. GARGOT.

Bonjour, Monsieur Gille. On dit que vous estes
tout d'un coup devenu gros seigneur et que vous
allez épouser Mlle Isabelle.

GILLE.

Cela est vray, et je vous ay envoyé chercher pour
faire le repas de nopce.

M. GARGOT.

Monsieur, vous n'avez qu'à commander.

GILLE.

Premièrement, je voudrois douze soupes, six

aloyaux, quatre cochons de lait, trois veaux marinés, une douzaine de mauviettes et une langue fourrée.

M. GARGOT.

Voilà un joli repas et bien ordonné! Vous n'y entendez rien. Laissez-moy faire, et vous serez content.

GILLE.

Voyons donc ce que vous nous donnerez.

M. GARGOT.

Pour une table de douze couverts, il faut deux soupes succulentes. Pour le bouilly, une culotte de bœuf.

GILLE.

Comment, est-ce que les bœufs portent des culottes?

M. GARGOT.

Non, Monsieur; c'est-à-dire un morceau de la fesse du bœuf. Quatre entrées, savoir : deux pigeons à la moscovite, deux poulardes à la tartare, deux queues de mouton à la portugaise et des sarcelles à l'angloise.

GILLE.

Que la peste vous crève, avec vos chiennes d'entrées! Nous serons morts et enterrés avant que cela n'arrive de tous les pays que vous venez de nommer.

M. GARGOT.

Eh! non! Monsieur, tous ces mets se font à Paris.

GILLE.

A la bonne heure!

M. Gargot.

Pour la viande piquée, je vous donneray un rosbif.

Gille.

Gros piffre toy-mesme.

M. Gargot.

Que vous estes hargneux! J'ay dit rosbif... Il
faudra, d'un costé, des gelinottes de bois.

Gille.

Que le diable t'emporte, animal! Je veux qu'elles
soient de chair, et non de bois.

M. Gargot.

Monsieur Gille, les gelinottes que je vous propose
sont des poules sauvages qui habitent dans les bois.

Gille.

Passe pour cela.

M. Gargot.

Deux faisans, six tourtereaux, douze becfigues.

Gille.

Je ne connois pas tout ça.

M. Gargot.

Pour entremets : un pain aux mousserons.

Gille.

Va te promener avec tes moucherons.

M. Gargot.

Je dis mousserons, Monsieur. C'est une espèce de
petits champignons qui forment un plat excellent.
Tenez, monsieur Gille, rapportez-vous-en à moy,
vous serez content et le desert sera à l'avenant. Mais
pour quand, s'il vous plaist?

GILLE.

Ma foy, je voudrois que ce fust pour aujourd'huy.
Allons trouver le beau-père et prenons jour avec
luy.

M. GARGOT.

Allons, Monsieur, j'auray l'honneur de vous
suivre.

(Ils sortent.)

SCÈNE II

PRENS-TOUT, LAISSE-RIEN.

PRENS-TOUT.

Parbleu, camarade, tu t'amuses à la moutarde,
pendant qu'il y a quatre heures que je te cherche
dans tous les endroits où nous avons coutume
d'aller.

LAISSE-RIEN.

Me voilà. De quoy s'agit-il?

PRENS-TOUT.

Tu ne sçais donc pas ce qui se passe?

LAISSE-RIEN.

Non, vraiment; y a-t'il quelque chose de nou·
veau?

PRENS-TOUT.

Ouy, et de très singulier. Ce butor de Gille, que
nous avons dupé tant de fois, et encore aujourd'huy,
vient d'hériter, d'un oncle mort aux Indes, de plus
de cent mille écus.

LAISSE-RIEN.

Cela n'est pas possible !

PRENS-TOUT.

C'est un fait certain. Le tout est arrivé en belles et bonnes lettres de change sur les meilleurs banquiers de Paris.

LAISSE-RIEN.

Et a-t'il receu cette somme ?

PRENS-TOUT.

Il n'y a pas d'apparence.

LAISSE-RIEN.

Et ces lettres de change sont-elles encore en sa possession ?

PRENS-TOUT.

Je les crois dans les poches de son justaucorps.

LAISSE-RIEN.

Si cela est, mon amy, c'est comme si elles estoient dans les nostres, et je prétends, avant un quart d'heure, qu'il me les donne luy-mesme.

PRENS-TOUT.

Comment l'entends-tu ?

LAISSE-RIEN.

Mais je crois que tu es stupide aujourd'huy. Écoute seulement.

(*Il luy parle à l'oreille.*)

PRENS-TOUT.

Fort bien. Ma foy, j'avois l'esprit bouché. S'il ne les porte pas sur luy, du moins nous aurons son habit, qui est tout battant neuf, et le reste de sa dépoüille. Je crois l'apercevoir. Il ne nous reconnoistra pas seurement sous ces déguisemens. Commençons nostre fourberie.

(Ils dansent sur l'air :

J'ay sans y penser
Laissé tomber
Mon gant par terre.)

SCÈNE III

PRENS-TOUT, LAISSE-RIEN, GILLE.

[*LA TARENTULE.*]

GILLE.

Pardienne, voilà de drosles de corps. Ils sont fous, je pense.

LAISSE-RIEN.

Hélas! Monsieur, mon frère est fort sage. J'aimerois mieux qu'il fût fol; on le guériroit plus aisément. Mais je crains bien qu'il n'en réchappe pas.

GILLE.

Quelle maladie a-t'il donc? Parbleu! elle est des plus gayes.

LAISSE-RIEN.

Ah! Monsieur, c'est qu'il a esté piqué de la tarentule.

GILLE.

Qu'est-ce que c'est que cette turenture?

LAISSE-RIEN.

Je dis tarentule, Monsieur! C'est une espèce d'araignée qui jette dans l'assoupissement où vous le trouvez. On ne peut guérir de cette humeur noire qu'en chantant et dansant comme vous venez de le voir.

GILLE.

Bon! voilà de beaux contes.

LAISSE-RIEN.

Ce ne sont point des contes. La guérison ne se fait que par la transpiration, et deux heures de repos vous envoyent dans l'autre monde.

GILLE.

. Voilà qui est bien singulier. Et n'avez-vous pas tué cette araignée?

LAISSE-RIEN.

Non, Monsieur, c'est un animal très subtil. A peine a-t'il fait son coup qu'il se sauve... Ah! Monsieur, je meurs de frayeur!

GILLE.

Qu'avez-vous donc?

LAISSE-RIEN.

Je crois voir la tarentule sur vostre chapeau. Vous estes un homme mort, Monsieur, si elle vous pique à la teste... Attendez, ne remuez pas... Je vais la tuer.

(*Il luy donne un coup de batte sur la teste.*)

GILLE.

Doucement donc!... L'avez-vous tuée?

LAISSE-RIEN.

Non! Je l'ay manquée.

GILLE.

La peste soit du maladroit !

(Il jette son chapeau par terre.)

LAISSE-RIEN.

La voilà sur vostre perruque.

GILLE.

Sur ma perruque ?

(Il jette sa perruque à terre.

LAISSE-RIEN.

Ah ! Monsieur, vous vous y estes pris trop tard.
La voilà sur vostre dos. Je vais la tuer.

(Il frappe Gille avec sa batte.)

GILLE.

Elle est morte?

LAISSE-RIEN.

Vous avez fait un mouvement qui a détourné le
coup... Doucement. Ne dites mot, je la vois.

(Il le frappe.)

GILLE.

Cette fois, elle doit estre écrasée, car vous avez
frappé diablement fort.

LAISSE-RIEN.

Je n'ay pas esté plus heureux cette fois-cy que
l'autre. La frayeur m'a ébloui. Un travers de doigt
plus bas je la tenois. Mais voilà mon frère qui revient
de sa mélancolie. Il a quelques bons intervalles.
Quatre yeux valent mieux que deux.

Prens-Tout.

Ah! Monsieur, la tarentule se coule entre l'habit et la veste. Viste! viste! déshabillez-vous. Il n'y a pas un instant à perdre.

Gille.

Aydez-moy, mon amy. Je ne sçaurois aller plus loin. Voilà qui est fait!

Laisse-Rien.

Elle passe dans vostre chemise. Vous voilà piqué! Vous estes desjà tout changé.

Gille.

Est-il possible? Je n'ay pas senti la piqûre.

Laisse-Rien.

Le visage vous enfle, pourtant.

Prens-Tout.

Ouy, Monsieur, vos yeux deviennent hagards. Vostre bouche est de travers. (*Il luy frappe un rude coup.*) Ah! voilà la tarentule tuée décidément!

Gille.

Où est-elle?

Prens-Tout.

Elle est écrasée, mais nous n'en mourrons pas moins tous les deux!

(*Il feint de pleurer.*)

Gille.

Oh! ciel! Faut-il mourir aussi misérablement? Hy! hy! hy!

Laisse-Rien.

Il ne s'agit pas de pleurer, Monsieur; au contraire, il faut rire. Voyez les grimaces que fait mon frère pour avoir cessé de sauter et de danser. Dansez donc si vous ne voulez pas estre mort dans un quart d'heure. Vous voyez que mon frère se remet en train. C'est le seul remède contre la piqûre de la tarentule. Talalerita, lalerita, etc.

Gille.

La frayeur m'oste les jambes. N'importe, dansons jusqu'à extinction de chaleur naturelle, puisqu'il le faut et que l'on ne peut guérir que de cette façon.

(*Les filous le prennent par la main, chantent, le font chanter et danser, emportent ses habits et se sauvent. Pendant ce temps, Gille danse toujours.*)

SCÈNE IV ET DERNIÈRE

GILLE, LE MAISTRE.

Le Maistre.

Ah! ah! Est-ce que mon gendre futur est fou de danser ainsy tout nud en pleine rue? La succession luy auroit-elle fait tourner la cervelle? A qui diantre en avez-vous, mon amy?

Gille *le prend par la main, chante et le fait danser.*

Lalalerita, lalerita, lalalire!

LE MAISTRE, *tout essoufflé.*

Mais quelle extravagance est cela?

GILLE.

Sur mon chapeau. Talalerita, etc.

LE MAISTRE.

Eh bien? Je n'y comprends rien.

GILLE.

Sur ma perruque. Talalerita, etc.

LE MAISTRE.

Encore un coup, vous dis-je, il y a de la folie à cela.

GILLE *ramasse la batte et en applique un coup violent sur les épaules du Maistre, en disant:*

Sur vostre habit. Talalerita, etc.

LE MAISTRE.

Mais, Monsieur de La Gillotinière, cela passe le jeu et vous n'estes pas dans votre bon sens.

GILLE, *le battant et le déshabillant.*

Dans votre chemise. Talalerita, etc.

LE MAISTRE.

Pourquoy donc me déshabiller?...

GILLE, *le battant.*

La voilà tuée. Talalerita, etc.

LE MAISTRE.

Je n'en puis plus.

GILLE.

Jusqu'à extinction de chaleur naturelle, sinon vous estes mort!

LE MAISTRE.

Je suis mort! Son esprit est troublé. Mais où sont vos hardes?

GILLE, *chantant.*

La, la, la, la.

LE MAISTRE.

Je ne les vois pas. Voilà bien mon habit. Mais le vostre, où est-il?

GILLE, *toujours dansant.*

La, la, la, la.

LE MAISTRE.

Je crains bien que ce ne soit quelque nouveau tour de filous qui luy auront escamoté ses habits. Un moment de tranquillité, mon amy. Vos lettres de change, où sont-elles ?

GILLE.

Dans mes poches. La, la, la, la.

LE MAISTRE.

Dans celles de vostre habit?

GILLE.

Ouy. La, la, la.

LE MAISTRE.

Ma foy, mon pauvre Gille, *à laver la teste d'un asne, on perd sa lessive.* Tu estois devenu riche par un heureux événement; tu perds tout par ta bestise!

GILLE.

Comment? Je vous dis que la tarentule m'a piqué et qu'il faut danser continuellement pour n'en pas nourir. La, la, la, la, la.

LE MAISTRE.

Eh! mon pauvre garçon! il n'y a pas de tarentule en France. C'est en Italie que l'on voit de ces animaux-là, dont la piqûre est très dangereuse. Tu n'en as pas été piqué très seurement.

GILLE.

Vous croyez

LE MAISTRE.

Sans doute.

GILLE.

Seroit-il possible? Parbleu! j'ay vu un homme qui estoit pourtant dans ce cas-là. Il dansoit continuellement en chantant. C'est son camarade qui me l'a conté.

LE MAISTRE.

Je te répète encore que c'est une fourberie que l'on a imaginée pour te voler tes lettres de change; sans ça tes habits ne seroient pas ainsi disparus.

GILLE.

Ma foy! je commence à croire que vous pourriez bien avoir raison. Il faut courir après ces deux fripons-là.

LE MAISTRE.

Vrayment, ouy! Ils sont bien loin, s'ils courent toujours.

GILLE.

Oh! je les attraperay bien tost ou tard. Quand j'auray épousé Mlle Isabelle, je feray jeter un amonitoire.

LE MAISTRE.

N'espère pas cela, mon amy; ma fille ne sera jamais la femme d'un sot tel que toy. Tu n'es qu'une beste, et tu le seras toujours. Je ne te prenois pour mon gendre que par rapport à ton bien; tu as esté assez imbécile pour te le laisser enlever; va-t’en gratter ton derrière au soleil.

GILLE.

Comment! je n’auray pas ta fille? Vieux penard! Je t’arracheray tous les poils de ta barbe.

LE MAISTRE.

Insolent! Je t’assommeray de coups de bâton!

GILLE.

Toy?

LE MAISTRE.

Ouy, moy!

GILLE.

Ah! Nous allons voir.

(*Ils se battent l’un et l’autre et finissent ainsi la parade.*)

QUATRIÈME PARADE

UN ACTE

Les Quatre cuillerées de soupe. — Le Combat des poltrons.
Le Cérémonial pour les coups de bâton.

ACTEURS

LE MAISTRE.
GILLE.
SANS-QUARTIER.
DIVERTISSANT

QUATRIÈME PARADE

SCÈNE PREMIÈRE

LE MAISTRE, GILLE.

[*LES QUATRE CUILLERÉES DE SOUPE.*]

LE MAISTRE.

Viens çà, gros coquin. T'entendray-je toujours quereller avec quelqu'un ?

GILLE.

Parguenne, nostre maistre, on se plaindroit à moins. C'est ce maraud de Divertissant à qui j'en veux. S'il continue à en agir ainsi avec moy, je deviendray bientost aussi sec qu'un hareng saur.

LE MAISTRE.

Qu'est-ce à dire? Tu as toujours des discours si entortillés !

GILLE.

Cela est pourtant bien clair ! Dites-moy, Monsieur (car je n'ay jamais pu parvenir à faire ce calcul), combien quatre cüillerées de soupe par jour font-elles par journée ?

LE MAISTRE.

Quelle sotte demande ! Parbleu ! cela fait quatre cüillerées de soupe.

GILLE.

Je me trompe. Je veux dire par semaine. Dame ! cela est sérieux au moins.

LE MAISTRE.

Je ne conçois pas où ce drosle-là veut en venir. Eh bien! cela fait justement vingt-huit cüillerées de soupe.

GILLE, *en pleurant.*

Vingt-huit cüillerées de soupe par semaine. Houlas ! Eh ! de grâce, combien cela fait-il par mois ?

LE MAISTRE.

Oh! cela ne se calcule pas si aisément. Attends que je compte à part moy... Sur le pied de trente jours, cela fera environ cent-vingt cüillerées de soupe.

GILLE, *effrayé et pleurant plus fort.*

Houlas ! cent-vingt cüillerées de soupe par mois ! Ah ! Monsieur, soutenez-moy. Je suis mort !

LE MAISTRE.

Je ne comprends rien à tout ceci.

GILLE.

Patience ! pendant que vous estes en train de calculer, pourriez-vous me dire, Monsieur, combien cela fait de cüillerées de soupe au bout de l'année?

LE MAISTRE.

Oh! celuy-là n'est pas aisé. Il faut que je multiplie...

GILLE.

Cela estant, Monsieur, vous n'en viendrez jamais à bout.

LE MAISTRE.

Pourquoy?

GILLE.

Parguenne! demandez à Mme vostre femme. Elle vous reproche tous les jours que vous n'estes pas propre à la multiplication.

LE MAISTRE.

Impertinent! si je prends un bâton!

GILLE.

Doucement, nostre maistre. A ce qu'il me paroist, un rien vous fasche. Sçavez-vous bien, par exemple, pourquoy les petits hommes comme vous sont si sujets à se mettre en colère?

LE MAISTRE.

Eh bien! pourquoy?

GILLE.

C'est qu'estant si petits, ils ont le cœur tout près de la merde.

LE MAISTRE.

Fy! le vilain! Je n'en devois pas moins attendre d'un marsoüin comme toy.

GILLE.

Monsieur, revenons, s'il vous plaist, à nostre calcul des quatre cüillerées de soupe par jour. A combien cela se monte-t-il par an?

LE MAISTRE.

Il faut que je prenne mon crayon. Quatre fois trois cent soixante-cinq jours, mon amy, cela fait mille quatre cent soixante cüillerées de soupe au bout de l'année.

GILLE.

Ce n'est pas possible, nostre maistre.

LE MAISTRE.

Je ne me trompe pas d'une cüillerée.

GILLE.

Mille quatre cent soixante cüillerées de soupe! Eh! Monsieur, ne dit-on pas qu'il y a des années qui ont un jour de plus?

LE MAISTRE.

C'est vray. On les appelle années bissextiles, parce qu'elles arrivent tous les douze ans.

GILLE.

En sorte que, quand l'année est... comme vous dites, au lieu de mille quatre cent soixante cüillerées de soupe, cela en fait mille quatre cent soixante-quatre.

LE MAISTRE.

Fort bien! Tu comptes juste.

GILLE.

Ah! Monsieur, le calcul n'est pas bon! Ce n'est pas possible! Comment voudriez-vous que mille quatre cent soixante-quatre cüillerées de soupe pussent, par exemple, tenir dans mon ventre?

LE MAISTRE.

Mais, butor que tu es, c'est en n'en mangeant que quatre par chaque jour que cela fait, à la fin de l'année, mille quatre cent soixante cüillerées de soupe.

GILLE.

Vous avez raison, Monsieur; mais, enfin, cela fait toujours mille quatre cent soixante ou mille quatre cent soixante-quatre cuillerées de soupe, et c'est ce dont je me plains.

LE MAISTRE.

Mais explique-toi donc !

GILLE.

Vous ne me reprochez pas, Monsieur, que je mange lentement.

LE MAISTRE.

Non, assurément, au contraire. Un morceau n'attend pas l'autre. Tu dévores comme un loup...

GILLE.

Ah! pour cela, Monsieur, vous dites la vérité! Eh bien! Divertissant, qui n'est à vostre service que depuis huit jours, mange encore plus viste. Quelque diligence que je fasse, et au risque de m'étouffer, il avale tous les jours quatre cüillerées de soupe plus que moy. Je ne m'estonne plus si je deviens si maigre.

(Il pleure.)

LE MAISTRE.

Effectivement, voilà un coquin bien à plaindre. Il est gras comme un porc! Mais je suis bien sot de m'amuser avec luy, comme si je ne sçavois pas qu'il n'a que des impertinences dans la bouche.

GILLE.

A ce propos, Monsieur, pourriez-vous bien me dire quel est l'animal le plus railleur?

LE MAISTRE.

Autre demande ridicule! Les animaux ne raillent

23

pas, mon amy. Il faut estre doué de raison pour cela.

LE GILLE.

Ma foy, nostre maistre, avec vostre permission, vous ne serez jamais qu'une beste.

LE MAISTRE.

Comment? insolent!

GILLE.

L'animal le plus railleur, c'est le cochon.

LE MAISTRE.

Le cochon?

GILLE.

Ouy, le cochon! Ne donne-t-il pas des lardons à tout le monde?

LE MAISTRE.

Oh! l'animal! le cheval! Mais je suis bien fou de perdre le temps à écouter de pareilles impertinences. Comme tu n'es qu'un imbécile, je vais appeler Divertissant pour le charger de trois commissions.

GILLE.

Ah! nostre maistre, ne me faites pas cet affront-là! Est-ce que je ne suis pas aussi capable que luy de les faire?

LE MAISTRE.

Toy, mon pauvre Gille! une seule te tourneroit la cervelle!

GILLE.

Oh! que non.

LE MAISTRE.

Eh bien! voicy de quoy il s'agit : 1° il faut aller chez Mlle Ampoüisse, ma maîtresse, luy faire un compliment et luy porter un bouquet de ma part, parce que c'est demain sa fête.

GILLE.

Rien de plus facile.

LE MAISTRE.

2⁰ Il faut aller chez le tailleur, luy dire qu'il vienne m'apporter l'habit que je luy ay commandé; 3⁰ chez le barbier, pour qu'il ne manque pas de venir dans une heure me faire le poil.

GILLE.

Parguenne ! Ne diroit-on pas que c'est la mer à boire !

LE MAISTRE.

Quoy ! tu t'acquitterois bien de ces commissions ?

GILLE.

Sans doute. 1⁰ J'iray chez Mlle Ampoüisse luy dire qu'elle vienne vous faire le poil.

LE MAISTRE.

Oh ! la beste !

GILLE.

Doucement ! De là, je passeray chez le barbier, à qui j'ordonneray de porter dans l'instant vostre habit, parce que vous devez épouser ce soir le tailleur, et que c'est sa feste. Dame ! cela est-il clair ?

LE MAISTRE.

Oh ! très clair !

GILLE.

Il n'y a qu'une chose qui m'embarrasse.

LE MAISTRE.

Qu'est-ce que c'est ?

GILLE.

C'est que Mlle Ampoüisse est déménagée d'hier, et que je ne sçais où elle demeure.

LE MAISTRE.

Oh ! si ce n'est que cela qui t'embarrasse, je vais y remédier. (*Aparté.*) Il faut que je me réjouisse à ses dépens ! (*Haut.*) Tiens, mon amy, écoute-moy bien : Mlle Ampoüisse demeure au coin de la place Maubert, du costé des Carmes ; mon tailleur est vers le milieu de cette place, à gauche, et mon barbier, en tirant sur la droite. Afin que tu ne t'embrouilles pas dans tes commissions, imagine-toy que ma main gauche est la place Maubert.

(*Gille luy crache dans la main. — Le Maistre se fasche.*)

GILLE.

Monsieur, on peut, je crois, cracher sur une place publique ?

LE MAISTRE.

Mais, faquin, ce n'est icy qu'une comparaison. Mon pouce, c'est moy, c'est ton maistre. (*En luy montrant le petit doigt.*) Voicy Gille.

GILLE.

Hy ! hy ! hy !

LE MAISTRE.

Pourquoy pleures-tu ?

GILLE, *luy montrant ce petit doigt.*

Regardez comme je suis maigre depuis que ce bélistre de Divertissant mange tous les jours quatre cüillerées de soupe plus que moy !

LE MAISTRE.

Mais, mon pauvre garçon, ne vois-tu pas que ce n'est icy qu'une espèce de tableau que je te fais pour te rendre la chose plus palpable ?

GILLE.

Ah ! j'entends.

LE MAISTRE.

Mon second doigt, par exemple, est Mlle Ampoüisse.

GILLE.

C'est là Mlle Ampoüisse ?

LE MAISTRE.

Ouy.

GILLE.

Eh bien ! Monsieur, je ne m'en serois jamais douté. Permettez que je l'embrasse.

LE MAISTRE.

Es-tu fou ?

GILLE.

Non, Monsieur, c'est que je sçais vivre.

LE MAISTRE.

Finis tes mauvais propos. Le doigt du milieu, c'est mon tailleur, et celuy-cy, que l'on appelle annulaire, c'est le barbier. Comme ils demeurent tous trois sur cette place, va au plus vite exécuter mes trois commissions.

GILLE.

Monsieur, on ne se moque pas ainsi du pauvre monde. Vous n'avez qu'à y aller vous-mesme ; pour moy, je vous déclare que je n'en feray rien.

23.

LE MAISTRE.

Et pourquoy, Monsieur le faquin?

GILLE, *luy prenant la main.*

N'est-ce pas la place Maubert?

LE MAISTRE.

Ouy.

GILLE.

Ton pouce, c'est toy-mesme. Ce doigt-ci est Mlle Ampoüisse, celuy-là c'est le barbier, l'autre le tailleur. A l'égard du pauvre Gille, maigre comme un coucou, n'en parlons pas.

LE MAISTRE.

Eh bien?

GILLE.

Eh bien! puisque le pouce est si près de Mlle Ampoüisse, du tailleur et du barbier qu'il peut leur parler à l'oreille sans qu'on l'entende, il n'a qu'à faire luy-mesme ses commissions.

LE MAISTRE.

Oh! quelle bestise! Il n'y a aucune ressource avec ce butor-là, et je vois bien qu'il faut appeler Divertissant, qui est un garçon d'esprit.

GILLE.

Monsieur, ne me donnez pas cette mortification; cela me rendroit furieux!

LE MAISTRE.

Deviens ce que tu voudras. Mais le voicy heureusement!

SCÈNE II

LE MAISTRE, GILLE, DIVERTISSANT.

[*LE COMBAT DES POLTRONS.*]

DIVERTISSANT.

Ah! Monsieur, je vous ay cherché par toute la maison. Quand on a un bon maistre, on ne peut estre trop attentif à le servir.

GILLE.

Chien de flatteur!

DIVERTISSANT.

Est-ce que vous allez ainsi sortir, Monsieur? Vostre habit est tout malpropre; vostre chapeau a besoin d'estre brossé. Je ne m'en étonne pas; c'est là l'ouvrage de Gille.

GILLE.

Ne voilà-t-il pas un habile ouvrier pour parler des autres?

Divertissant prend des brosses, Gille veut les luy arracher et, voyant qu'il ne peut en venir à bout, il va chercher une baguette dont il bat l'habit du Maistre pendant qu'il l'a sur le dos. Le Maistre se fasche, veut rosser Gille qui s'en prend à Divertissant. Ils se battent ensemble à coups de poing et mettent toujours entre eux deux le Maistre qui reçoit les coups et tombe par terre. Divertissant le relève.)

GILLE.

Oh! parguenne, je ne suis pas manchot.

DIVERTISSANT.

Ne voilà-t-il pas nostre maistre en bel estat !

GILLE.

Ce n'est rien que cela ! Il faut qu'un vielleux ait esté enterré en cet endroit.

DIVERTISSANT.

Pourquoy ?

GILLE.

C'est qu'il vient de faire danser un lourdeau qui a pensé se casser le col.

DIVERTISSANT.

Vous l'entendez, Monsieur ?

GILLE.

Tu n'es qu'un flagorneur et un mauvais plaisant; je te donneray vingt coups de pied dans le ventre.

LE MAISTRE, *mettant l'épée à la main.*

Morbleu ! je suis las de toutes vos impertinences, et, si vous ne finissez vostre querelle, je vous passeray mon épée à travers le corps.

GILLE, *effrayé.*

Voilà qui est fini, Monsieur, et, puisque vous l'ordonnez, je veux bien faire la paix avec ce maraud-là !

DIVERTISSANT.

Vous l'entendez, Monsieur, cela peut-il se supporter ?

LE MAISTRE.

Cessons toutes ces altercations, et que l'on s'embrasse.

DIVERTISSANT.

Vous l'ordonnez, Monsieur, j'obéis.

GILLE.

Allons !

(*Ils s'embrassent. Divertissant crie comme un
diable, ramasse la batte et rosse Gille.*)

GILLE.

Hy ! hy ! hy !

LE MAISTRE.

Qu'est-ce donc que cela veut dire ?

DIVERTISSANT.

Vous n'avez pas remarqué la façon dont il m'a
embrassé ! Il m'a serré si fort qu'il m'a enfoncé deux
costes. Oh ! le coquin ! Monsieur, il vouloit m'é-
touffer !

GILLE.

C'est faux, Monsieur.

LE MAISTRE.

Eh bien ! au lieu de vous embrasser, ˹allons! que
l'on se donne la main en signe d'amitié.

GILLE.

Oh ! volontiers.

(*Ils se donnent la main.*)

DIVERTISSANT (*il rosse Gille*).

Voyez-vous l'insolence de ce drosle-là?

LE MAISTRE.

Mais je n'ay rien vu.

DIVERTISSANT.

Vous n'avez rien vu? N'a-t-il pas présenté la
main en dessus comme une marque de supériorité?

LE MAISTRE.

Ah! que de difficultés! (*Il leur prend la main en*

forme de foy et la leur met l'une dans l'autre.) Y aura-t'il encore quelque nouveau sujet de querelle?

DIVERTISSANT, *crie et rosse Gille.*

Ahy! ahy! ahy! Ah! Monsieur, il m'a serré si cruellement la main qu'il m'a estropié les doigts.

GILLE.

Ah! Monsieur, je n'y ay pas seulement pensé.

LE MAISTRE.

Eh bien! je ne veux pas que vous vous la donniez autrement que toute grande ouverte.

(*Le Maistre leur met la main ouverte, l'une à costé de l'autre. — Divertissant éternue et rosse Gille.*)

LE MAISTRE.

C'en est trop. Pourquoy battez-vous ce garçon?

DIVERTISSANT.

Pourquoy je le bats, Monsieur? C'est un misérable qui voudroit me voir crevé... M'a-t'il seulement dit : Le Ciel t'assiste?

GILLE.

Pour le coup! j'ay tort; j'en conviens. (*Voyant que Divertissant va éternuer.*) Le Ciel t'assiste!

(*Divertissant furieux le rosse.*)

LE MAISTRE.

Mais il n'y a pas de raison à cela!

DIVERTISSANT.

Il n'y a pas de raison? Ne voyez-vous pas, Monsieur, qu'avec son « le Ciel t'assiste », qu'il m'a dit mal à propos, il m'a empesché d'éternuer et que cela est capable de me faire mourir subitement.

LE MAISTRE.

Je vois bien que je ne pourray venir à bout de mettre la paix entre ces deux drôles-là!... J'imagine pourtant un moyen! Restez icy quelques instants. Je reviens aussy tost vous mettre d'accord.

(*Il rentre.*)

GILLE.

Ah! pardy ouy. Voilà un grand sorcier!

DIVERTISSANT.

Je ne sçais ce qu'il prétend faire; mais je sçais bien qu'il ne parviendra jamais à son dessein.

LE MAISTRE, *revenant, aparté.*

Je veux me donner la comédie. Voicy deux épées sans pointe, et j'ay à accommoder ensemble deux poltrons que ces armes épouvanteront. Voyons comment ils accepteront ma proposition... (*Haut.*) Or çà, mes enfans, voilà de quoy terminer tous vos diffé- rends.

DIVERTISSANT.

Une épée? Monsieur!

GILLE, *pleurant.*

Une épée? Je ne veux me battre qu'à coups de poing.

LE MAISTRE, *avec un pistolet.*

Parbleu, vous vous battrez, et je vous déclare que je brusleray la cervelle à celuy des deux qui donnera des marques de lascheté.

GILLE.

Houlas! Mourir pour mourir, battons-nous donc.

(*Ils se mettent en garde, se battent en se reculant et en poussant des bottes en l'air. Ensuite ils s'arrêtent et s'essuyent le front.*)

DIVERTISSANT, *présentant sa tabatière :*

Monsieur prend-il du tabac ?

GILLE.

Ouy, Monsieur. (*Après la prise de tabac, ils se font beaucoup de politesses et de révérences. Gille éternue, Divertissant luy dit :* « Le Ciel vous assiste Monsieur ! »)

LE MAISTRE.

Eh bien? Messieurs, cela finira-t'il ?

GILLE.

Tout à l'heure, Monsieur.

(*Il éternue encore.*

DIVERTISSANT.

Le Ciel vous accorde une longue vie, Monsieur.

GILLE.

Monsieur, voilà qui fait tomber les armes de la main. N'y auroit-il pas de la conscience à moy de tuer un homme qui vient de me souhaiter une longue vie?

LE MAISTRE.

Ah! lasches que vous estes. Je vais vous brusler la cervelle!

GILLE.

Attendez un moment, Monsieur. Voyez la lascheté de mon camarade, qui a fait signe à Jacqueline de venir à son secours avec sa broche.

LE MAISTRE.

Où est-elle ?

(Pendant qu'il tourne la teste, Gille luy donne un coup du plat de l'épée sur les doigts et fait tomber son pistolet. Alors, feignant de se battre, Divertissant et Gille mettent toujours le Maistre entre eux deux, ils le culbutent et s'enfuient.)

LE MAISTRE.

Ah! misérables! Je suis estropié pour plus de quinze jours!

(Il rentre.

<h1 style="text-align:center">SCÈNE III</h1>

GILLE seul.

Parguenne! voilà ce qui s'appelle se tirer bravement d'affaire. Autant que je puis m'y connoistre, Divertissant n'est guère plus brave que moy, c'est-à-dire qu'il est aussi poltron. Cependant, je suis son vainqueur, puisque le champ de bataille me reste.

SCÈNE IV

GILLE, SANS-QUARTIER.

SANS-QUARTIER.

Morbleu! si je tenois ce maraud de Divertissant, je luy mangerois le cœur, le foye, la rate à belles dents!

GILLE.

Oh! oh! A qui diable en avez-vous donc, Monsieur Sans-Quartier?

SANS-QUARTIER.

A qui j'en ay? Par la mort, qu'il ne paroisse pas devant moy!

GILLE.

Qui donc?

SANS-QUARTIER.

Cet insolent de Divertissant! Il me turlupine encore!

GILLE.

Il vous tire la...?

SANS-QUARTIER.

Ouy! il me turlupine. Il fait le mauvais plaisant! Ne disoit-il pas hier à Mlle Jacqueline que je n'estois qu'un punais?

GILLE.

Oh! pour celuy-là, il n'a pas tout à fait tort.

SANS-QUARTIER.

Pourquoy?

GILLE.

C'est que, de frayeur, je viens de faire une grosse
vesse et que vous ne vous en plaignez pas.

SANS-QUARTIER.

Effectivement, cela sent fort mauvais.

GILLE.

Vous n'estes donc pas si punais.

SANS-QUARTIER.

Non, vraiment. Mais, comme on m'a raconté que
cet insolent tenoit encore de fort mauvais discours
sur mon compte, je prétends me venger dans ce
jour par moy-mesme, ou par la voie de quelque
coupe-jarrest... Ouy, je donnerois de bon cœur une
pistole à un galant homme qui voudroit bailler
cent coups de bâton à ce fripon de Divertissant.

GILLE.

A Divertissant? Oh! s'il ne faut que vouloir les
luy donner pour gagner cette pistole, voicy vostre
homme!

SANS-QUARTIER.

Mais il faut les luy bailler en effet.

GILLE.

Et, réellement, vous donneriez une pistole?

SANS-QUARTIER.

Très sérieusement.

GILLE.

Morguenne! M'est avis que cette pistole m'inspire
du courage. Eh bien! je vous le répète, ce sera moy
qui luy donneray ces coups de bâton.

SANS-QUARTIER.

Oh! mon amy Gille, je ne vous croyois pas si

brave. Eh bien ! je seray de parole, et, pour vous engager à tenir la vostre, voilà un sol de 18 deniers que je vous donne acompte.

GILLE.

Je vais avec cela boire un coup de rogomme. Ça m'échauffera la bile.

SANS-QUARTIER.

En voicy une petite boutéille, sans aller plus loin, et voilà un bon bâton pour étriller ce tur-lupin. Ne l'épargnez pas !

GILLE.

Je vous réponds qu'il aura tout son saoul.

SANS-QUARTIER.

Adieu, mon amy Gille. Frappez dru surtout !

(Il sort.)

GILLE.

Ouy, ouy. Mais je crois l'apercevoir; mettons-nous un peu à l'écart pour l'écouter et le sur-prendre... Bien rosser son ennemy et gagner encore une pistole, cela est fort honneste !

SCÈNE V

GILLE, DIVERTISSANT.

[LE CÉRÉMONIAL POUR LES COUPS DE BATON.]

DIVERTISSANT.

Nostre maistre est un bonhomme. Je luy fais croire tout ce que je veux. Je luy ay soutenu que c'est Gille qui l'a battu; il en est persuadé et il est dans une furieuse colère contre luy. Jacqueline et moy, nous venons de le frotter et de le mettre au lit. Ensuite nous avons été tous deux boire une bonne bouteille, et toujours à la santé de M. Sans-Quartier, qui en est amoureux, mais dont elle se moque, et à celle de ce butor de Gille, qu'elle ne sçauroit souffrir. Jacqueline m'aime à la folie et n'a rien de caché pour moy. Certes, à mon endroit, on ne peut voir une fille plus libérale. Ouy, ma foy plus libérale, puisque tout à l'heure encore elle vient de me donner deux jambons pour une andouille...

(Gille, pendant les derniers discours de Divertissant, vient par derrière pour le frapper. Divertissant se retourne toujours au moment qu'il a le bras levé. Alors, Gille cache promptement son bâton et luy fait des révérences. Ce lazzi se répète plusieurs fois. A la fin, surprenant Gille le bâton à la main :)

Que voulez-vous faire avec ce bâton-là ?

GILLE.

Monsieur Divertissant, vous ne croiriez peut-estre pas qu'avec ce bâton je suis en estat de gagner une pistole dans ce moment ?

DIVERTISSANT.

Et qui vous en empesche ?

GILLE.

Personne. Mais c'est qu'il y a une petite difficulté. On me promet une pistole si je donne cent coups de bâton à quelqu'un, et je crains bien que ce quelqu'un là ne veüille pas les recevoir.

24.

DIVERTISSANT.

Il seroit de bien mauvaise humeur s'il ne vouloit avoir pour vous cette légère complaisance. Mais il ne faut pas tant de ménagement, surtout si ce quelqu'un est un faquin, un misérable, un homme de néant.

GILLE.

Oh! ouy, Monsieur, il est tout cela.

DIVERTISSANT.

Et vous craignez ce drosle?

GILLE.

Non, pas autrement... Mais...

DIVERTISSANT, *aparté*.

Je devine. Il faut me réjouir à ses dépens. (*Haut.*) Écoutez-moy, mon amy, je vais vous enseigner le moyen de donner ces cent coups de bâton sans rien risquer. Offrez à ce faquin, à ce misérable, la moitié de la pistole que l'on vous promet, s'il veut recevoir tranquillement vostre bastonnade.

GILLE.

Et cette proposition peut-elle se faire à un galant homme?

DIVERTISSANT.

Non; mais à un homme de néant, il n'y a rien à risquer.

GILLE.

Eh bien! cela estant, monsieur Divertissant, je vous offre donc cette moitié de pistole, si vous voulez recevoir cent coups de bâton.

DIVERTISSANT.

Comment! c'est moy qui suis ce misérable, ce faquin, cet homme de néant?

GILLE.

Vous-mesme. Dame! vous voilà pris sans vert.

DIVERTISSANT.

Il est vray que je me suis un peu trop avancé, mais je veux vous faire voir que je suis homme de parole. Non seulement je recevray, pour vous faire plaisir, ces coups de bâton, mais encore je veux vous laisser la pistole en entier, pourvu que je sçache quelle est la personne qui vous la donne.

GILLE.

Cela est-il possible?... Mais c'est Sans-Quartier, à cause de quelque jalousie au sujet de Jacqueline.

DIVERTISSANT.

Il a raison. Allons, mon amy Gille, frappez!

GILLE.

Par ma foy, cela est trop galant. Il faut que je vous embrasse auparavant.

- DIVERTISSANT.

Très volontiers.

GILLE.

Doucement donc, vous me tirez les oreilles et vous me serrez si fort...

DIVERTISSANT.

Quand j'aime quelqu'un, je l'étouffe de caresses.

(*Il l'embrasse.*)

GILLE.

Ahy! ahy! ahy!

DIVERTISSANT.

Courage! Vous voyez que je tends le dos de bonne grâce.

GILLE.

Allons!

(*Il lève le bras.*)

DIVERTISSANT.

Qu'allez-vous faire?

GILLE.

Belle demande ! Vous donner des coups de bâton.

DIVERTISSANT.

Et le cérémonial ?

GILLE.

Qu'est-ce à dire ?

DIVERTISSANT.

C'est-à-dire qu'il y a un préliminaire, un cérémonial à observer, avec lequel on peut assommer un homme sans craindre la justice. Mais si l'on y manque d'un seul point, le premier passant va vous déférer au juge, et vous estes pendu sans miséricorde dans les vingt-quatre heures.

GILLE.

Oh ! diable ! Cela ne vaut rien !

DIVERTISSANT.

Comment! A vostre âge, grand et gros comme père et mère, vous ignorez ce cérémonial! mais vous n'avez donc jamais donné de coups de bâton ?

GILLE.

Non ; mais j'en ay bien receu.

DIVERTISSANT.

Sans le cérémonial ?

GILLE.

Oh! je n'y regardois pas de si près; et il me semble qu'on n'y faisoit pas tant de cérémonie.

DIVERTISSANT.

Eh! mais, tant pis! Avec des témoins, vous estes en estat de faire pendre tous ces gens-là et d'avoir la confiscation de leurs biens.

GILLE.

Dame! je n'en sçavois pas tant!

DIVERTISSANT.

Les coups de bâton étoient-ils donnés de dessein prémédité comme ceux-cy?

GILLE.

Oh! non!

DIVERTISSANT.

Cela estant, il y a bien de la différence. Vous voyez, par l'avis que je vous donne, combien je suis de vos amys. Je n'avois qu'à vous laisser faire, vous estiez un homme pendu. Quoy! Sans-Quartier ne vous a pas instruit du cérémonial?

GILLE.

Non, vraiment!

DIVERTISSANT.

C'est un coquin qui vous tendoit un piège. Je luy en ay donné, moy, plus de dix fois au sujet de Jacqueline.

GILLE.

Avec le cérémonial?

DIVERTISSANT.

Ouy, vraiment. Je n'avois garde d'y manquer.

GILLE.

Eh bien! en vérité, il ne m'en a pas dit un mot!
Or çà! apprenez-moy donc ce cérémonial.

DIVERTISSANT *luy prend le bâton.*

Le voicy. D'abord, on porte la main au chapeau
de cette manière. On l'oste de dessus la teste en
trois temps : une, deux, trois. On fait une humble révérence. On avance de trois pas; on fait
faire la demi-pirouette à son homme. On le place
ainsy : là, comme si on vouloit jouer à coupe-teste.
On remet son chapeau, on recule de deux pas en
arrière, et l'on frappe ainsy fortement, en comptant
les coups : un... deux... trois... quatre, etc.

(*Il rosse Gille.*)

GILLE.

Voilà qui est plaisant! Et l'on ne risque rien
avec le cérémonial, quand on tueroit son homme?

DIVERTISSANT.

Pas la moindre chose!

GILLE.

Mais il n'y a rien de si aisé. Voyons!

DIVERTISSANT.

Volontiers.

GILLE.

Voilà déjà la révérence... Allons, la pirouette...

(*Dans le temps qu'il va frapper, Divertissant l'arreste.*)

DIVERTISSANT.

Et la main au chapeau ? Vous manquez à l'essentiel. Il faudra vous donner plus d'une leçon.

GILLE.

Ma foy ! je crois que ouy.

DIVERTISSANT.

Recommençons !

GILLE.

C'est bien dit.

(Divertissant répète le cérémonial, rosse Gille et luy pré-
sente le bâton. Gille le remercie, veut le battre à son tour
et manque toujours en quelque chose au cérémonial que
Divertissant recommence à sa prière en le rossant plus
fort. Enfin, Divertissant feint de se mettre en colère ;
il dit à Gille qu'il a la teste trop dure, qu'il n'a pas le
temps de s'amuser davantage à luy donner cette leçon et
qu'il n'a qu'à la répéter avec Sans-Quartier qui n'y prendra
peut-estre pas garde de si près. Gille ramasse la batte,
se désespère et, voyant arriver Sans-Quartier, il luy dit
qu'il est un fripon de l'avoir exposé à estre pendu, faute
de l'avoir instruit du cérémonial. Sans-Quartier, surpris,
luy demande ce que cela signifie. Gille fait une partie du
cérémonial et rosse vivement Sans-Quartier qui crie et
dit qu'il va faire sa plainte à la justice. Gille luy répond
qu'il ne craint pas cela, parce qu'il a observé le cérémonial
prescrit pour les coups de bâton. Il le répète et assomme
Sans-Quartier qu'il poursuit. Ainsi finit la parade.)

TABLE

	Pages
Préface .	I
Dédicace .	I
Prologue de l'Opérateur pour les Parades . . .	3
Le Pet à vingt ongles .	8
Cracher noir .	13

PREMIÈRE PARADE

Acte I. — Les Cornets .	23
Le Testament de Gille .	27
La Bouteille au cul .	34
Le Point d'honneur .	44
Le Petit Jacquot .	46
Acte II. — Tu feras le ménage .	54
Le Cartel .	61
Acte III. — Les Valets hors de condition .	70
La Conspiration .	82
Le Docteur en teste .	88

DEUXIÈME PARADE

                                                              Pages

Les Lapins.   105
Le Mort sur le banc ou le Comte de Regniababo. . .   121
Gille barbier.   138
Le Repas imaginaire.   140
Le Mémoire de dépense   152
Le Portrait.   154
Le Chat   157
L'Araignée   160

TROISIÈME PARADE

Acte I. — Les Braves d'Ostende   175
    Les Métiers.   192
    Le Tailleur.   195
    La Succession.   200

Acte II. — Le Contrat de mariage de Gille   214
    Le Maistre de grammaire.   224
    Le Maistre à danser.   231
    Le Maistre de civilité.   234
    Taratapa, eoïls   237
    L'Amant désespéré   242

Acte III. — Le Repas de nopce.   245
    La Tarentule   250

TABLE   291

QUATRIÈME PARADE

Pages

Les Quatre cuillerées de soupe 261
Le Combat des poltrons. 271
Le Cérémonial pour les coups de bâton. 280

Imprimé par Jouaust et Sigaux

POUR LA COLLECTION DES

CURIOSITÉS HISTORIQUES ET LITTÉRAIRES

PARIS, 1885.